中华

ZHONGHUA HUN

魂

百部爱国故事丛书

革命军中马前卒

——民主斗士邹容

刘世华　王　涵　编著

吉林人民出版社

图书在版编目（CIP）数据

革命军中马前卒 : 民主斗士邹容 / 刘世华，王涵编
著 . -- 长春 : 吉林人民出版社，2011.3（2021.8 重印）
（中华魂·百部爱国故事丛书）
ISBN 978-7-206-07490-5

Ⅰ . ①革… Ⅱ . ①刘… ②王… Ⅲ . ①故事—中国—
当代 Ⅳ . ① I247.8

中国版本图书馆 CIP 数据核字 (2011) 第 031963 号

革命军中马前卒
——民主斗士邹容

GEMINGJUN ZHONG MAQIANZU
——MINZHU DOUSHI ZOURONG

编　　著 : 刘世华　王　涵
责任编辑 : 关亦淳　　　　封面设计 : 孙浩瀚
制　　作 : 吉林人民出版社图文设计印务中心
吉林人民出版社出版 发行 (长春市人民大街7548号　邮政编码:130022)
印　刷 : 北京一鑫印务有限责任公司
开　本 : 787mm×1092mm　　1/16
印　张 : 8　　　　字　数 : 64千字
标准书号 : ISBN 978-7-206-07490-5
版　次 : 2011年3月第1版　　印　次 : 2021年8月第2次印刷
定　价 : 35.00 元

如发现印装质量问题，影响阅读，请与出版社联系调换。

总　序

　　《中华魂》是一套故事丛书。它汇集了我国自鸦片战争以来一百八十余年间的近百位民族英雄、仁人志士、革命领袖、先进模范人物的生动感人事迹，表现了他们作为中华儿女的伟大的爱国主义精神。

　　爱国主义是人们对于"生于斯、长于斯、衣食于斯"的祖国的一种神圣感情，是人们对于自己民族的一种强烈的责任感和使命感，是感召和激励整个中华民族的一面永不褪色的旗帜。在一百多年的中国近现代史上，爱国主义一直激励着中华儿女为祖国的独立、统一、进步和繁荣而英勇奋斗。从"苟利国家生死以，岂因祸福避趋之"的林则徐，到"我自横刀向天笑，去留肝胆两昆仑"的谭嗣同;从"铁肩担道义,妙手著文章"的李大钊,到"青春换得江山壮,碧血染将天地红"的赵一曼;从"县委书记的好榜样"的焦裕禄,到"问鼎长天,扬我国威"的邓稼先……都表现出了强烈的爱国主义精神。正是由于热爱祖国的人们前仆后继地奋斗,国家和民族才得以生存,才能够在一次次历史危急关头转危为安,走向兴盛和富强,从而屹立于世界民族之林。爱国主义是鼓舞中华儿女历经忧患、跨越沧桑、百折不挠、自强不息的伟大力量,它贯穿于中华民族的整个历史,并有力地凝聚着五洲四海的中国人。

爱国主义是一个历史的范畴,在社会发展的不同阶段、不同时期有不同的具体内容。革命时期,需要我们为祖国的独立自主出生入死;建设时期,需要我们为祖国的繁荣富强增砖添瓦。在全国各族人民团结一心,开启全面建设社会主义现代化国家新征程的今天,我们要争做一名新时期的爱国者。新时期的爱国者要有强烈的民族自尊心、自豪感。民族自尊心、自豪感是任何时期、任何爱国者都必须具备的情感。民族自尊心能增强我们自立向上的恒心,民族自豪感能树立我们建设祖国的信心。要树立"祖国高于一切"的崇高信念,为了祖国和人民的利益不惜抛却个人的利益,甚至不惜牺牲个人的生命。我们要树立终身学习的理念,拓宽自己的知识面,广泛吸收新知识、新技术,完善自身的知识结构,更新学习知识的方法与理念,从思想上、知识上充分武装自己,为祖国的繁荣昌盛贡献力量。

爱国主义思想的继承和发扬,是关系到民族盛衰、国家兴亡的根本问题。爱国主义思想情操的形成,需要不断地培养。培养爱国主义精神的一个重要途径是向英雄人物和典范事迹

003

学习和致敬。这套丛书的出版,对于青少年向英雄和先进人物学习,特别是对于在中小学生中进行爱国主义教育是不可多得的生动的教材。祝愿此书出版发行成功,为培养时代新人做出贡献。

胡维革

清末革命家吴玉章诗赞邹容：少年壮志扫胡尘，叱咤风云"革命军"。号角一声惊睡梦，英雄四起挽沉沦。

目　录

少年立志　　　　　　　　　　/ 001

大闹出国　　　　　　　　　　/ 028

惩罚姚监督　　　　　　　　　/ 039

革命友谊　　　　　　　　　　/ 043

《苏报》案　　　　　　　　　/ 069

壮志未酬身先死　　　　　　　/ 080

中华**魂**百部爱国故事丛书
ZHONGHUA HUN

少 年 立 志

  重庆是一座具有三千多年悠久历史的古城，它地处嘉陵江与长江汇合处，依山而筑，雄伟气派。在它的西部小较场附近，有一个古雅而又豪华的宅院，这是一个商人的家。1885年的一天，秋风送爽，丹桂飘香，商人的家里张灯结彩，喜气洋洋，正忙着给新生的儿子过满月呢。吃罢喜面，又分了红皮的喜蛋，客人们嚷着要看看孩子。不一会女主人抱着孩子来到客厅，会说话的客人看了孩子都留几句好话，有的说："这孩子长得漂亮。"有的说："这孩子一脸富贵相。"有一个绅士模样的人走到孩子跟前，仔细端详了一会儿，又肯定地点了点头："嗯，这孩子天庭饱满，目中含威，将来必有大任，看样子其官不在翰林之下。"大厅里一片啧啧之声，孩子的父母亲更是一脸喜色。不错，这个孩子后来确实身担大任，不过，不是大清王朝的翰林，而是给大清敲响丧钟的猛士，自称革命军马前卒的邹容。

革命军中马前卒

邹容出生的时候中法战争的炮火刚刚停息，苦难深重的中国人民正在痛苦地挣扎着，侵略和反侵略、压迫和反压迫、新和旧的斗争，一浪接一浪地翻腾，冲击着大清王朝。

邹容

邹容的父亲邹子瓀原来只是一个小杂货商，后来越发展越大，成了一个拥有巨资的大商人。但是，商人尽管有钱，却没有地位。邹子瓀很希望自己的儿子能科举成名，捞个一官半职的，为邹家撑撑门面。

邹容6岁开始读书，没几年就读完了"四书""五经"、《史记》《汉书》等书籍，他的聪明才智也开始展示出来。有一次，私塾先生发现他书案上放了好几本明末作家夏完淳的书，这个人少年时就参加反清斗争，诗文中反抗意识很浓。"谁让你看这些东西？"老先生很不满意。"我自己想看。"邹容一脸自信的样子。老塾师长长地叹了口气，他来邹家几年了，深知这个孩子的习性，只要是他认准了的事，他坚决做到底，不管你怎么说，就是打得他身上出血，他也还是照样做。"昨天我留给你的那篇经文背下来了吗？"老先生改口问，不再追究他读杂书的事。"早就背下来了。"邹容说完，非常流利地背了一遍。塾师又提了几个问题，邹容也应答如流。塾师见找不出邹容的毛病，就开始讲下一篇经。就这样，邹容凭着他聪颖的天资、勤奋的精神，不仅读完了私塾规定的书，而且还读了许多名人的传记，特别是明末清初思想家那些抗清的故事更是读得津津有味。他常想自己长大了也要当郑成功那样的大英雄，一种反清的意识正悄悄地在这个少年的心里萌生着。

1895年，中日甲午战争结束，清朝打了败仗，还签订了丧权辱国的《马关条约》，重庆也成了通商口岸。

没过多久，重庆就来了外国兵船、商船，他们在这里开工厂、设洋行、盗矿产，各式各样的外国商品也大量地由重庆进入四川。邹容注意到父亲经常唉声叹气，看来买卖真的难做了。朝廷怎么这样无能，连小小的日本也打不过！在邹容小小的心灵里开始滋生了对封建王朝的憎恨。

邹容12岁了，父亲觉得这个孩子既然已经读完了应考的书目，就该让他到考场上去试一试，于是邹容就和大哥一同参加了巴县的童子试。童子试是科举考

清朝科举制度

清朝科举制度包括四部分，分别是童试、乡试、会试、殿试。童试是第一部分，也是科举必走一步。

县试在各县进行，由知县主持。清朝时一般在每年二月举行，连考五场。通过后进行由府的官员主持的府试，在四月举行，连考三场。通过县、府试的便可以称为"童生"。

清朝的院试是每三年举行两次，由皇帝任命的学政到各地主考。辰、戌、丑、未年的称为岁试；寅、申、巳、亥年，称为科试。院试得到第一名的称为"案首"。通过院试的童生都被称为"生员"，俗称"秀才"，算是有了"功名"，进入士大夫阶层；有免除差徭、见知县不跪、不能随便用刑等特权。秀才分三等，成绩最好的称"禀生"，由公家按月发给粮食；其次称"增生"，不供给粮食，"廪生"和"增生"是有一定名额的；三是"附生"，即才入学的附学生员。

试的第一级，过了这一级才能再考秀才、举人、进士，逐级应试。许多人因为过不了第一级，已经是白首老翁还不得不参加这童子试。

这一天，邹容穿戴得整整齐齐，很好奇地跟着大哥走进了考场。考场上已经来了不少人，有的和邹容一样大，有的和大哥的年纪差不多，有的则比他父亲的年纪还大。邹容眼望着那些"老童生"，见他们一脸焦急不安的样子，心里很可怜他们。过了一会儿，主考官来了。他郑重其事地宣布了一通纪律，然后公布了题目。邹容一看，这是什么题目，不但词意晦涩，而且还讲不通。他扫了一眼周围的其他考生，见大哥和其他人也都满脸疑问，知道不仅仅是自己有这种感觉。他站起来向主考官问道："请问主考官大人，你们出的这种文不成义的题目，究竟要讲些什么内容？"

主考官非常吃惊，他从来没见过而且也没听说过这样的考生，竟敢当场对考题提出疑问，所以他不由自主地愣了一下："什么？考题文不成义，你这不是故意嘲弄本官吗？还想不想考试？"主考官上来就强词夺理。

"想考试也得有个像样的题目，你这题目是个四不像，让人怎么考？"邹容理直气壮地辩解道。

"好啊，你这是有意违犯场规。来人！先给我掌他手心20板。"

"你少发淫威，我得罪的是你，又不是别人，有本事你自己来打，为什么差别人。"

大哥见邹容这样，吓坏了，急忙上前来拉邹容：

"小孩子家不懂事，瞎说什么，快向大人认错，求大人让你考试。"

"认错？我才不呢！我宁可不考我也不向他认错。"邹容说完，昂头走出了考场。

第一次进考场就和主考官打起来这事真是非同小可，消息很快就在全城传遍了。父亲原指望这个聪明过人的儿子可以科举做官，光宗耀祖，改变邹家的政治地位，不想他却罢了考，气得捶胸顿足。

"你这不孝之子，八股文不好好做，考试不好好考，功名前程你还要不要了！"邹子璠一手拿着竹板，一手指着邹容的鼻子，大声喝骂。

邹容不觉得自己不对，丝毫没有悔愧的意思，反而质问起父亲来："臭八股，我就是不愿意学。现在朝廷衰落得连祖宗之地都保不住了，得了它的功名又有什么用?!"

父亲被气得说不出话来，举起竹板把邹容狠狠地打了一顿。可是不管他怎么打，邹容始终也没认错。父亲为难了，这孩子如此倔强，将来还不知会闯出多么大的祸端呢！他决定送邹容进重庆经学书院，希望书院的院长、著名的学者吕翼文能有办法驯服邹容这匹"烈马"。

邹容在重庆经学书院读书期间，正是康有为领导的变法维新运动在全国蓬勃发展的时候，维新之风也吹到了巴山蜀水，邹容很快就感受到了这个时代的脉搏，如饥似渴地吸吮着维新思想的养料。他经常在书院里讲他所了解到的各地变法维新的情况，今天说，皇上接见康有为了；明天说，皇上把不变法的大臣革职了；过几天又说，湖南的变法名人谭嗣同进京了。书院里那些一心只读圣贤书的书呆子，觉得这个商人的儿子很奇怪，就送他一个绰号叫"谣言局的局长"。

这天邹容从外面跑回来，一脸不高兴的样子，也没到上房看母亲，去了他自己的书房。邹容的书房和大哥的书房是邻间的，大哥一心考取功名，平时很少出门，他听着弟弟的门响，刚想过去看看，突然传来了弟弟"呜呜"的痛哭声，他大吃一惊，扔下书跑了过去，见邹容抚在书案上大哭。

"二弟，出了什么事？你怎么了？"

邹容没有回答仍大哭不止，大哥急了："二弟，你这到底是哭什么，你要把人急死了。"

"大哥，你就让我哭吧，谭嗣同他们让西太后给砍了头了。"邹容边哭边哽咽着说。

　　"哎呀，我当什么事。"大哥心里的石头落了地，松开了拉着弟弟的手。大哥早就知道弟弟对这个谭嗣同很敬佩。就劝说："好了，好了，别哭了，让爹知道又该挨骂了。"大哥劝了几句，知道也没什么用，就自己回书房了，由着邹容哭个够。

　　邹容是在路上听从成都来的人说的，他心里又失望又悲伤，眼见着洋鬼子横行中国，管又管不了，打也打不过；想变法救国，却又被砍了头，这样下去，中国可不真要亡了吗？邹容只觉得心里好难过，好难过，又不知如何解脱，索性大哭一场。

　　邹容从书箱里找出他收集的那些维新报纸，从上面剪下一张谭嗣同的头像，看着这张像，邹容的眼前仿佛浮现出了谭嗣同大义凛然慷慨赴死的悲壮场面，他心里一阵激动，挥笔在像的后面题了这样一首诗：

赫赫谭君故，
湖乡志气衰。
惟冀后来者，
继起志勿灰。

　　邹容把谭嗣同的像在相框里装好了，就带到书院挂到他的座旁。吕翼文来讲经，见邹容竟敢挂谭嗣同的像，非常不高兴。

"邹容，书院是清静之地，你把乱党的像挂到这儿干什么？"吕翼山严肃地责问邹容。

"他不是乱党，他宣传新思想并帮助皇帝变法是想救我们的国家，他……"

"你不用和我说他，我只知道孔孟之道。到这里来求学的也要一心只读圣贤书。"吕翼文打断了邹容。

"孔孟之道有什么用，还不是让日本打败了，谭嗣同宣传的东西就比孔孟之道还好。"

吕翼文站在主讲台上，气得脸色灰白，在场的学生更是被邹容的话吓得目瞪口呆。大名鼎鼎的经学书院院长，如何能容得下蔑视孔孟的学生。第二天邹容就被开除出了重庆经学书院。

马关条约签字时的场景

革命军中马前卒
——民主斗士邹容

中法议和及结局

1885年5月13日，清政府任命李鸿章为谈判代表，与法国政府代表、驻华公使巴德诺在天津开始谈判中法正式条约。6月9日，在天津签订《中法会订越南条约》，即《越南条款》或《中法新约》，又称《李巴条约》，共十款，主要内容是：清政府承认法国对越南的保护权；承认法国与越南订立的条约；中越陆路边界开放贸易，中国边界内开辟两个通商口岸；"所运货物，进出云南、广西边界应纳各税，照现在通商税则较减"；日后中国修筑铁路，"应向法国业者之人商办"；此约签字后六个月内，中法两国派员到中越边界"会同勘定界限"；法军退出台湾、澎湖。11月28日，此条约在北京交换批准。

中国在这次反侵略战争中，本来有可能取得最后胜利，只是由于清统治者的懦弱、妥协，胜利的成果才被葬送。1886～1888年，清政府又被迫与法国签订了《中法越南边界通商章程》《中法界务条约》《中法续议商务条约》等一系列不平等条约，使法国又得到很多权益。

中国西南门户洞开，法国侵略势力以印度支那为基地，长驱直入云南、广西和广州湾（今湛江市），并使之一度变成法国的势力范围。

李鸿章与金陵机器制造局

中日甲午战争

　　1894年爆发的中日甲午战争，是中国以至世界近代史上的重大事件。中日甲午战争是一场日本发动的非正义侵略战争。

　　日本侵略中国是蓄谋已久、准备充分的。1867年，明治天皇睦仁登基伊始，即在《天皇御笔信》中宣称"开拓万里波涛，宣布国威于四方"，蓄意向海外扩张。1871年，近代中日两国签订了第一个条约《中日修好条规》，第一款："嗣后大清国、大日本国倍敦和谊，与天壤无穷。即两国所属邦土，亦各以礼相待，不可稍有侵越，俾获永久安全。"这是一个平等的条约，但日本并没有遵守这一条约，而是积极向中国扩张。1872年，日本开始侵略中国附属国琉球，准备以琉球为跳板进攻台湾。1874年，发生了琉球漂民被台湾高山族杀死的事件，日本利用清朝官员的糊涂，以琉球是日本属邦为借口大举进攻台湾岛，这是近代史上日本第一次对中国的武装侵略。但日本和中国实力悬殊，加上水土不服，日军失利。在美英等国的"调停"下，日本向清朝勒索白银50万两，并迫使清廷承认日军侵台是"保民义举"，从台湾撤军。由于清廷的软弱无能，日本于1879年完全并吞了琉球王国，改设为冲绳县。

随后，日本又开始侵略中国的另一个属国——朝鲜。1876年，日本以武力打开朝鲜国门，强迫朝鲜政府签订《江华条约》，取得了领事裁判权等一系列特权。该条约第一条即宣称"朝鲜为自主之邦，保有与日本国平等之权"，把朝鲜的宗主国清朝排斥在外。1882年，朝鲜发生壬午兵变，中日两国同时出兵朝鲜，清军虽然在这次事件中压制住日军，但日本还是在《济物浦条约》中取得了在朝鲜的派兵权和驻军权。1884年，日本帮助朝鲜开化党发动甲申政变，企图驱逐中国在朝鲜的势力。袁世凯率清军击败了日军，镇压了政变。但日本同清朝订立了《天津会议专条》，规定中日两国同时从朝鲜撤兵，两国出兵朝鲜须互相通知。《济物浦条约》使日本取得了以保护公使馆为由出兵朝鲜的权利，《天津会议专条》使日本取得了与中国在朝鲜共同行动的权利，这两个条约为甲午中日战争埋下伏笔。

在十九世纪七八十年代的中日冲突中，中方在硬实力上一直占有优势，但朝鲜甲申政变之后的十年时间，情况就发生了变化。这段时间，日本一直关注着中国，日本军界要人山县有朋指出"邻邦之兵备愈强，则本邦之兵备亦更不可懈"。故自1890年后，日本以国家财政收入的60%来发展海军、陆军，1893年起，明治天皇决定每年从自己的宫廷经费中拨出三十万元，再从文武百官的薪金中抽出十分之一，补充造船费用。举国上下士气高昂，以赶超中国为奋斗目标，准备进行一场以"国运相赌"

的战争。在1890年时，北洋海军两千吨位以上的战舰有7艘，总吨位27000多吨；而日本海军两千吨位以上的战舰仅有5艘，总吨位约17000多吨。1892年，日本提前完成了自1885年起的十年扩军计划，到甲午战争前夕，日本已建立了一支拥有63000名常备兵和23万预备兵的陆军，包括6个野战师团和1个近卫师团。战前日本海军有军舰32艘、鱼雷艇24艘，总排水量72000吨，超过了北洋海军。日本还出动乐善堂、玄洋社等间谍组织和人员潜入中国，加紧对中国各方面的情报搜集和渗透。

在此期间的中国，经过数十年的洋务运动，初见成效，开始得意轻敌。在与西方各国打交道的过程中，认为西方人"并不利我土地人民"，只是想在贸易上占些便宜而已，于是放松了军备意识。北洋海军自1888年正式建军后，就再没有增添任何舰只，舰龄渐渐老化，与日本新添的战舰相比之下，火力弱，射速慢，航速迟缓。北洋水师有军舰25艘，官兵4000人。

革命军中马前卒
——民主斗士邹容

到甲午战争前,北洋舰队由大沽口、威海卫和旅顺三大基地建成。但清朝军事变革基本停留在改良武器装备的低级阶段,陆海军总兵力虽多达80余万人,但编制落后,管理混乱,训练废弛,战斗力低下。1891年以后,北洋水师甚至连枪炮弹药都停止购买了。

朝鲜问题是日本发动侵略战争的突破口,1890年,日本爆发经济危机,对开战的要求更加迫切,同年,时任日本首相山县有朋在第一次帝国议会的"施政演说"中抛出了所谓"主权线"和"利益线"的理论,将日本本土作为主权线,中国和朝鲜半岛视为日本的"利益线",声称日本"人口不足",必须武力"保卫"利益线,加紧扩军备战。1894年,朝鲜爆发东学党起义,朝鲜政府军节节败退,被迫向清朝乞援。日本认为发动战争的时机已至,向清廷表示"贵政府何不速代韩戡……我政府必无他意",诱使清朝出兵朝鲜。清朝派直隶提督叶志超和太原镇总兵聂士成率淮军2000人于6月6

日后数日分两批在朝鲜牙山登陆，准备镇压起义，同时根据1885年《中日天津条约》通知日本。6月10日，朝鲜政府和起义军达成了全州和议，清军未经战斗起义就平息下去。6月25日，原定计划的第三批清军在牙山登陆，驻朝清军总数达到2465人。

当时的伊藤博文内阁正面临议会的不信任案弹劾，在朝鲜向清朝乞援的同时，日本通过其驻朝公使馆探知清廷将要出兵朝鲜的消息后，便如同抓住救命稻草，全力着手挑起战争。1894年6月2日，伊藤内阁决议出兵朝鲜。6月5日，日本立即设立有参谋总长、参谋次长、陆军大臣、海军军令部长等参加的"大本营"，作为指挥侵略战争的最高领导机关。6月9日，日本派先遣队400多人，在驻朝公使大鸟圭介的率领下，以《济物浦条约》规定之日本有权保护使馆和侨民为借口进入朝鲜首都汉城（今韩国首尔），同时根据《中日天津条约》知照中方，其后又在6月12日派兵800人进驻汉城。在日军先遣队出发前，日本外务大臣陆奥宗光训令驻朝公使大鸟圭介"得施行认为适当之临机处分"，授权大鸟挑起衅端，寻找借口发动侵略战争。

全州和议达成以后，朝鲜政府要求中日两国撤兵，大鸟圭介开始和清廷驻朝大臣袁世凯进行撤兵谈判。大鸟虽口头上答应撤兵，甚至就要达成书面协议，但日本政府一方面电令大鸟拒绝达成共同撤兵协议，另一方面则在6月15日抛出了"中日两国共同协助朝鲜改革内政"的方案，从而使共同撤兵协议一笔勾销。此后，日本开始不断增兵，6月16日大岛义昌少将率领混成旅团第一批部队在仁川登陆，到6月28日混成旅团第二批部队登陆，侵朝日军达到8000余人，比驻朝清军占绝对优势；而清廷决策者直隶总督兼北洋大臣李鸿章则希望中日共同撤兵，既未向朝鲜增援军队，又未按袁世凯、聂士成等人的建议由清军先撤兵，最终给日本人以可乘之机。

日本之所以提出"共同改革朝鲜案"，其目的是一面使自己的军队以"协助朝鲜改革内政"为名赖在朝鲜不走，一面又拖住了驻朝清军，完全是为发动战争而采取的挑衅手段。清政府拒绝了"共同改革朝鲜案"，并强调日本必须撤兵，于是日本在6月22日向清政府发出了"第一次绝交书"。此后，李鸿章寄希望于美、英、俄等欧美列强调停，让日本撤兵。由于前述的各国利害关系，美、英、俄只是对日本表示"谴责"而已，并未采取强硬措施，加之日本灵活的外交策略，列强最后都采取了观望态度，调停均告失败。7月14日，日本向清政府发出了"第二次绝交书"，拒不撤兵，并反诬中国"有意滋事"，扬言"将来如果发生意外事件，日本政府不负其责"。至此中日谈判破裂。

　　1894年7月期间，日本发动战争的阴谋愈发明显，中国国内舆论和清军驻朝将领纷纷请求清廷增兵备战，朝廷形成了以光绪帝载湉、户部尚书翁同龢为首的主战派，然而慈禧太后并不愿意其六十大寿为战争干扰，李鸿章为保存自己嫡系的淮军和北洋水师的实力，也企图和解，这些人形成了清廷中的主和派。到7月中旬中日谈判破裂以后，一直按兵不动的李鸿章才应光绪帝的要求，开始派兵增援朝鲜。随着中日、日朝谈判相继破裂，列强调停均告失败，1894年7月17日，日本大本营作出开战决定；7月20日，日本编成了以伊东祐亨为司令的联合舰队，随时准备寻衅；同日，日本驻朝公使大鸟圭介向朝鲜政府发出最后通牒，要其"废华约、逐华兵"，要求48小时内答复，朝鲜继续敷衍日本，于是日本决定出兵控制朝鲜政府，以找到与驻朝清军开战的"委托"。

　　1894年7月23日凌晨，侵朝日军突袭汉城王宫，击溃朝鲜守军，挟持朝鲜国王李熙，解散朝鲜亲华政府，扶植国王生父兴宣大院君李昰应上台摄政。日本唆使朝鲜亲日政府断绝与清朝的关系，并"委托"日军驱逐驻朝清军。控制了朝鲜政府后，1894年7月25日，日本不宣而战，在朝鲜丰岛海面袭击了增援朝鲜的清朝军舰"济远""广乙"，丰岛海战爆发，海战中日本联合舰队第一游击队的"浪速"舰击沉了清军借来运兵的英国商轮"高升"号，制造了高升号事件。至此，日本终于引爆了甲午中日战争。

1894年8月1日，中日双方正式宣战。清朝在其宣战诏书中指出朝鲜历来是清朝的附属国，清朝是应朝鲜政府的要求出兵的，相反日本"不遵条约，不守公法，任意鸱张，专行诡计，衅开自彼，公理昭然"，令清朝忍无可忍，因此"着李鸿章严饬派出各军，迅速进剿，厚集雄师，陆续进发，以拯韩民于涂炭。"日本明治天皇睦仁在宣战诏书中则针锋相对，声称"朝鲜乃帝国首先启发使就与列国为伍之独立国"，声称其开战原因是"帝国于是劝朝鲜以厘革其秕政……朝鲜虽已允诺，清国始终暗中百计妨碍……更派大兵于韩土，要击我舰于韩海，狂妄已极。"表示其目的是"使朝鲜永免祸乱""维

革命军中马前卒

——民主斗士邹容

持东洋全局之平和""宣扬帝国之荣光于中外"。

这时在清廷内部，以光绪帝为首的主战派占上风。慈禧太后盼望从速结束战争，以免耽误她大办庆典，因此倾向和议，但迫于清议，一时尚不敢公然主和。中日甲午战争主要分为以下三个阶段进行：

第一阶段 1894年7月25日至9月17日。这时在清廷内部，以光绪帝为首的主战派占上风。时年慈禧太后60岁，她盼望从速结束战争，以免耽误她大寿庆典，因此倾向和议，但迫于清议，一时尚不敢公然主和。在此阶段中，战争是在朝鲜半岛及海上进行，陆战主要是平壤之战，海战主要是黄海海战。

第二阶段 从1894年9月17日到11月22日。在此阶段中，战争在辽东半岛进行，有鸭绿江江防之战和金旅之战。

第三阶段 威海卫之战是保卫北洋海军根据地的防御战，也是北洋舰队对日的最后一战。

甲午战争前，远东地区基本是俄、英争霸，

中国和日本的情况虽有不同，但都受到不平等条约的制约。甲午战争使日本一跃成为亚洲强国，完全摆脱了半殖民地的地位。而中国的国际地位则一落千丈，财富大量流出，国势颓微。甲午战争的失败，对中国社会的震动之大，前所未有。一向被中国看不起的"倭寇"竟全歼北洋水师，索得巨款，割让国土。朝野上下，由此自信心丧失殆尽。清政府的独立财政至此破产，靠向西方大国举债

戊戌变法

戊戌变法又名百日维新、戊戌维新、维新变法，是清朝光绪二十四年间（公元1898年6月11日~9月21日）的一项政治改革运动。这次变法主张由光绪皇帝亲自领导，以康有为、梁启超为领袖人物，进行政治体制的变革，主要内容是：学习西方，提倡科学文化，改革政治、教育制度，发展农、工、商业等。但是支持新政的光绪推行速度过快，这次运动遭到以慈禧太后为首的守旧派的强烈反对，这年9月慈禧太后等发动政变，光绪被囚，维新派康有为、梁启超分别逃往法国和日本。谭嗣同等6人（戊戌六君子）被杀害，历时仅103天的变法最终失败。因此戊戌变法也叫百日维新。维新运动失败，使中国损失了一批热心于国家改革的精英和支持者，也将中国推上革命的道路。

《马关条约》

《马关条约》是继《南京条约》以来最严重的不平等条约，它给近代中国社会带来严重危害，是帝国主义变中国为半殖民地半封建社会的一个重要的步骤。

1. 台湾等大片领土的割让，进一步破坏了中国主权的完整，刺激了列强瓜分中国的野心，民族危机进一步加深。

2. 巨额赔款，加重了中国人民的负担。同时，加速了日本军国主义的发展。清政府大量借外债，列强控制了中国的经济命脉。

3. 通商口岸的开放，使帝国主义侵略势力深入中国内地。

4. 允许在华投资办厂，严重阻碍了中国民族资本主义的发展。《马关条约》反映了帝国主义资本输出，分割世界的侵略嘴脸。外国资本主义对中国的侵略进入一个新的阶段，中国社会半殖民地化程度大大加深了。

5.《马关条约》大大地加深了中国的民族灾难。

马关条约对亚洲历史的重大影响

1. 从中国方面看，首先，战争失败标志着历时三十余年的洋务运动的失败，使取得的近代化成果化为乌有，打破了近代以来中国人民对民族复兴的追求。第二，割地赔款，主权沦丧，便于列强对华大规模输出资本，掀起瓜分狂潮，标志着列强侵华进入了一个新阶段，大大加深了中国的半殖民地化。中国国际地位急剧下降。不过，中国人民挽救民族危亡的运动高涨，资产阶级掀起了维新变法运动和民主革命运动，中国人民自发反抗侵略的斗争高涨，如义和团运动。

2. 对日本而言，得到巨额赔款和台湾等战略要地，不仅促进了本国资本主义的进一步发展，而且便利了日本对远东地区的进一步侵略，使日本一跃成为亚洲唯一的新兴资本主义强国。

3. 对远东局势来说，加剧了帝国主义列强在远东的争夺，三国干涉事件明显反映了列强在侵华问题上既相互勾结又相互争斗。

戊戌六君子

谭嗣同等1898年参加戊戌变法。变法失败后，谭嗣同于1898年9月28日在北京宣武门外的菜市口刑场英勇就义。同时被害的维新人士还有林旭、杨深秀、刘光第、杨锐、康广仁。六人并称"戊戌六君子"。

革命军中马前卒
——民主斗士邹容

大 闹 出 国

1901年夏日的一天，邹容一边哼着小曲儿，一边在书房里翻书。他平时喜欢的那些传记、小说被整齐地摞在一起，还有一本英语书和一本日语书也摆在上面，这是他被经学书院开除后，跟一个日本人学习外语用的教材。他厌烦的那些经书，在书院记的笔记以及他学做的八股文稿被随意地扔在地上。一个整洁的书房被他搞得乱七八糟。一会儿，小伙计敲门进来了：

"二少爷，老爷回来了。"

"太好了，我正等着他呢，你把这摞书给我装到皮箱里，我这就去见老爷。"邹容吩咐着，随手摸了摸小伙计的光头，笑嘻嘻地走出了书房。

穿过一条长廊，绕过假山就是正房，邹容先去了父亲的书房，没有人。他转身又去了母亲的卧房，父亲果然在这儿，正给母亲看他带回来的首饰。"爹，娘，孩儿给你们请安！"

"嗯，我出去这几天，你没惹事儿吧？"父亲一向不放心他，边问边上下打量："这么急着来见我，是不是又惹麻烦了？""爹，我要去留学，到日本去留学。""这又是刮的哪股风，你学外语不是学得挺好的吗？"

"你还不知道呢，这次是朝廷要公派留学，咱们四川派22个，谁都可以报名，到成都考试。"

原来八国联军侵占北京后，于1901年和清朝签订了《辛丑条约》，清政府感觉到再也无法按老样子统治下去了，就见风使舵，搞起了所谓"新政"，也叫喊着要大练新军，大办新学堂，培养新式人才等，想借此来维护摇摇欲坠的封建统治，四川总督奎俊就宣布派第一批青年出国留学。

"那可是漂洋过海啊，你才16岁，到一个无亲无友的异国他乡，你就不怕？"邹子璠经常外出贩货，多少有些见识。自从邹容从经学书院被开除，他就知道再不能指望这个孩子科举成名了，所以邹容想学外语他也没反对。这次要去日本，他还真有点犹豫，邹容到底还是个孩子。

四川总督奎俊的宅院

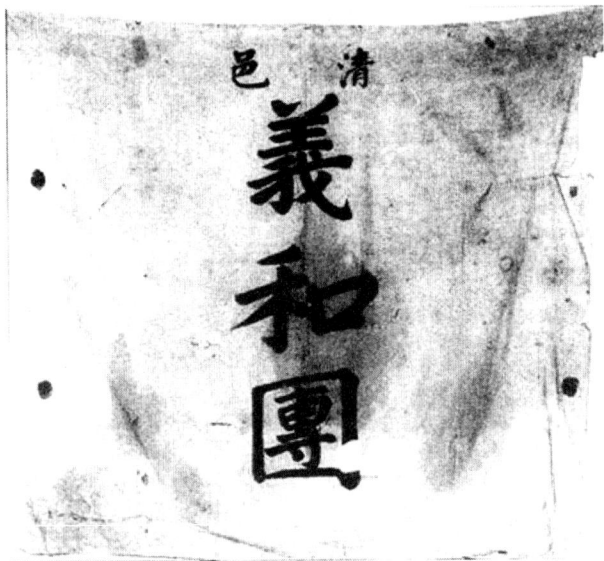

见父亲的话里有余地，邹容心下大喜，马上当着父亲的面拍胸脯保证："爹，你放心，我什么都不怕。这回我到日本要好好看看，它究竟靠什么把我们打败了，把他们的好办法也学些回来，改造我们的国家。"

这时门外传来通报声：

"舅老爷来了！"

邹容的心"咯噔"一下，凉了半截。怎么他早不来，晚不来，偏偏这时候来！父亲和母亲已经迎出去，把舅舅让进了客厅，邹容也只好跟进去。

邹容的舅舅叫刘华廷，思想非常保守，耳朵里听不得半个"新"字，邹容不喜欢他。若是他知道邹容要出国，一定坚决反对，父亲本来就有些犹豫，也就不会同意了。

果然，刘华廷一听这事，立即变了脸色："你们这做父母的心里也太没数了，这孩子12岁就敢闹考场，又崇拜乱党，又爱管闲事，放他跑到外国去，还不知闹多大的祸呢。弄不好连你这点家业都得赔上。"

这句话一下提醒了邹子璠，他已听说南方革命党的事，若是邹容也加入了革命党，他们邹家还不得被满门抄斩！

"大哥说的是，这孩子又犟，胆又大，放他出去不保险。"父亲说着转向邹容："你还是留在这儿学外语吧，将来能跟外国人做买卖就行了。"

眼见要实现的愿望突然没了，邹容把一腔怒火都撒向了舅舅。

"舅舅，你就知道忠朝廷、守孝道，一辈子都是个朝廷的奴才。"

"你！你……"刘华廷被骂得脸涨红，朝母亲说了声："看你教育的好孩子！"站起来就走了。

父亲觉得面上过不去，冲着邹容发起火："你给我们邹家脸都丢尽了，这回你哪也别想去！"

邹容以死抗争。最后邹容报考留学生的事总算获准了。他7月1日动身，跋涉300公里到达成都，他先找人推荐报上名，然后参加了公费留学生的考试。这次主考的考官叫李立元，此人受维新思潮的影响，思想比较新，便主动要求带这批学生去日本。他见邹容答卷速度快，国内的大事都谈得出，心中喜欢，主动找邹容攀谈："你十几了，为什么要报考留学生？"

那时候愿意出国的人不多，都怕出去被洋化了，李立元见他年纪这样小，却能从千里之外来投考，故而存了一分好奇。

"我16岁了，我想到国外学习先进技术，回来报效国家。"邹容回答。李立元微笑着点头，夸邹容有志气。刚好在这时，总督奎俊来看考生，李立元忙把邹容引见给他："他是重庆来的，才16岁，考卷答得很好，还决心学成回来报效朝廷。"也不知是故意，还是习惯，他把邹容说的"报效国家"改成了"报效朝廷"。

"好。"奎俊打量了一下邹容，"有志气，我就是要选你这样既聪颖又忠于朝廷的人出去。"说着还拍了拍邹容的肩膀。

既受到主考官的赏识，又得了总督大人的夸奖，邹容深深地沉醉在喜悦和憧憬之中，自己就要扬帆远扬东渡日本了，那里有新知识，有新天地，有救国、救民的办法……

回到家中，邹容老早就收拾好行装，向亲友惜别，只等着出发了。四川留日学生的名单终于揭晓，竟然没有邹容。原来，奎俊有个属下叫周善培，这人和重庆经学书院那个吕翼文是同科进士，两人经常来往，因而也知道一些邹容的言行。当他看到派出的留学生有邹容，立即表示反对，说邹容桀骜难驯，接受了新思想难免反朝廷，于是邹容的名字就从名单里拿掉了。

邹容当然不能知道这么详细，只骂主考官和总督奎俊出尔反尔。但这丝毫没有使邹容气馁，反而更坚定了他出国的决心，他打定主意，公费的去不上，我就自费去。

出国名单上没有邹容，家里人反倒很高兴，父亲也以为邹容这回可以死心了。没想到，不久邹容又提出要自费留学。

"爹，我想自费去日本留学。"邹容见父亲吃完了，就急忙把问题提出来。

邹子璠心里很不乐意："人家都是不撞南墙不回头，你怎么撞了南墙还不回头！自费得花多少钱！再说，没有人管着，你非闯祸不可，坚决不行。"他不给邹容辩解的余地，说完就走了。

第二天，邹容又找父亲，不行。第三天再找，还

革命军中马前卒
——民主斗士邹容

八国联军侵华——北京外国使馆区的路障

不行。第四天邹容开始绝食。邹子璠实在被这个倔强的孩子气坏了，他当着全家的面宣布，他不承认有邹容这个孩子，谁也不要去管他，看他能绝食几天。

头一天绝食，邹容吟诗作对就过去了。第二天饿得头晕目眩，只好躺在床上。晚上，母亲来看他，流着泪走了。第三天一早小伙计来报，父亲同意出钱送他自费留学了。邹容又胜利了。当然他也知道，这次是母亲起了作用。母亲在家很少管事，一旦要管就有绝对的权威。

1901年10月，邹容踏上了不平凡的征途。从重庆乘船沿江而下，湍急的水流冲打着两岸的崖壁和江心的礁石，一簇簇浪花，一圈圈漩涡，都引起邹容无限的遐想。他觉得已挣脱了束缚，冲出了牢笼，挂帆远洋，去实现他追求新知的理想。

《辛丑条约》

《辛丑条约》即《辛丑议定书》或《辛丑各国和约》。19世纪末，帝国主义列强激烈争夺和瓜分中国，造成中国空前严重的民族危机。这种危机感促进了人们的觉醒，救亡图存成了当时最紧迫的要求。1898年资产阶级改良派的维新运动失败了，1900年又爆发了以农民为主体的，轰轰烈烈的反帝爱国的义和团运动。义和团运动起自山东，迅速发展到天津、北京，引起帝国主义列强的恐慌。它们决定亲自出兵镇压义和团，英、美、日、俄、法、德、意、奥八国组织联军侵入中国，8月攻入北京。1901年，清政府被迫签订了不平等条约。因为这一年是中国旧历的辛丑年，所以这个条约被称为《辛丑条约》。慈禧太后携带光绪皇帝及亲信仓皇出逃西安。清朝被迫向帝国主义求和。《辛丑条约》的签订，不仅给中国人民带来了沉重负担，还损害了国家主权。从此，清政府完全成了帝国主义统治中国的工具。

革命军中马前卒
——民主斗士邹容

辛丑条约主要内容及危害：

1. 赔款。中国赔款白银4.5亿两，分39年还清，年息4厘，本息共计9.8亿两，以海关税、常关税和盐税作担保。

2. 划定使馆区。将北京东交民巷划定为使馆区，成为"国中之国"。在区内中国人不得居住，各国可派兵驻守。

3. 拆炮台、驻军队。拆除大沽及有碍北京

八国联军侵华——外国士兵在北京紫禁城午门前露营

八国联军侵华——天安门前外国军官合影

至海通道的所有炮台，帝国主义列强可在自山海关至北京沿铁路的12个地方驻扎军队。

4. 胁迫清政府承诺镇压反帝斗争。永远禁止中国人民成立或加入任何"与诸国仇敌"的组织，违者处死。各省官员必须保证外国人的安全，否则立予革职，永不录用。凡发生反帝斗争的地方，停止文武各等考试5年。这标志着清政府完全沦为了帝国主义的工具。

5. 对德、日"谢罪"。清政府分派亲王、大臣赴德、日两国表示"惋惜之意"，在德国公使克林德被杀之处建立牌坊。

6. 惩治附和过义和团的官员。从中央到地方被监禁、流放、处死的官员共百多人。

7. 设立外务部。将总理衙门改为外务部，班列六部之首，成为清政府与列强交涉的专门机构。

《辛丑条约》是中国近代史上赔款数目最庞大、主权丧失最严重、精神屈辱最深沉是给中国人民带来空前灾难的不平等条约。确立了清政府为帝国主义列强的忠实走狗的地位，从此，清政府成为资本主义列强统治中国的工具。它的签订，标志着中国完全沦为半殖民地半封建社会。

八国联军侵华——抢劫后被放火烧掉的建筑

惩罚姚监督

邹容到达日本东京的时候，已是第二年的6月，这之前他在上海同文馆学了半年日语。

由于中国留学生大量进入日本，东亚同文会就在东京创设了同文书院，专门给初到日本的中国学生和朝鲜学生补习日语和普通课程，是升入专门学校的预备学校。邹容一到东京就进了同文书院，一边学日语，一边开始读西方资产阶级启蒙思想家的著作，比如卢梭的《民约论》、孟德斯鸠的《万法精理》以及法国三次大革命、美国独立战争等西方资产阶级革命书籍。在独立、自由、平等思想的熏染下，再加上眼见着日

辛亥革命军占领武昌城后，军政府挂起象征十八省团结一致的十八星军旗。

本蒸蒸日上的发展势头，邹容逐渐产生了反清也就是反对封建制度的革命思想，开始参加留日学生中的革命活动。

有个留日学生监督叫姚文甫，对有革命倾向的学生异常刻薄。这人长得倒不难看。就是一双眼睛贼溜溜的，时刻盯着学生，让人讨厌。再就是他那条又粗又长的辫子，像尾巴一样在身后甩着，不管怎么打扮也脱不了奴才相。

邹容到日本不久就剪了辫子，因而也就成了他的眼中钉。1903年元旦，邹容等一千多名中国留学生举行新年团拜大会。会上，邹容发表演说，历数清政府的罪恶，号召大家推翻清政府，挽救民族危亡。第二天邹容等7人被传到了监督的办公室。为了监督方便，姚文甫的办公室就设在留学生会馆里，是一大一小两个套间，既可办公又可住人。邹容他们被带进去的时候，他正背着手，面对窗外，一条大辫子分外乍眼。

"你们昨天都干什么去了？说实话！"

"我看了一天书。"一个学生说。

"我到馆子吃酒去了。"另一个说。

"你呢？"姚文甫把目光对准了邹容，"讲演去了吧，是不是？"

"是又怎么样，这叫言论自由。"邹容毫不隐瞒。

"你一来我就看你不是好东西，污蔑朝廷，煽动造反，明天你就给我搬出这个会馆。还有你们，"他把目光转向另外几个人，"整天跟着他跑，扣罚半个月的生活费，看你们还敢不敢再跟他来往。"

"讲演是我去的，与他们无关，你凭什么罚他们的钱。"邹容非常气愤。

"你不要以为你自费就目中无人，我看你将来还回不回国?"姚文甫气急败坏地威胁邹容。

邹容被迫搬出留学生会馆，又拿出些钱帮助被罚的同学们。

这件事以后，倾向革命的同学就更恨这个姚监督，决定找机会治治他。

3月31日晚上，邹容和同学们抓住和钱七的小妾干坏事的监督姚文甫。大家纷纷指责："堂堂学生监督如此下流，我们把你的事揭出去，看你还回不回国。"邹容指着他的鼻子继续说："我们平时集会讲演都是为了爱国救国，你却说我们不是好东西。你拿着百姓的血汗钱，出来胡作非为，你是什么东西?"

"打，打死他!"同学们一边喊着一边挥起了拳头。

"饶命，各位请饶命!"姚文甫吓得钻到了被窝里。

邹容见他如此胆怯，又想起他平时作威作福的样

上海东亚同文书院

上海东亚同文书院是日本在1901年创立的以进行"中国学"研究为专务的高等学府。

中日战争全面爆发以前，胡适、鲁迅等人都曾应邀到东亚同文书院演讲。在当时的东亚同文书院师生中，出现了很多同情并参加中国革命活动的日本青年。其中，同文书院教授山田良政，弃笔从戎投身中国革命事业，在参加惠州起义中献身，1913年孙中山为其题写墓碑纪念。

上海同文书院

子，怒火上涌，一把抓住那象征奴性的大辫子，"饶了你的命可以，但你的辫子不能饶。"说着，拿出早已准备好的剪刀，"嚓"地一声，把姚文甫脑后的辫子剪了下来。姚文甫抱头大哭，邹容和同学们哈哈大笑。

第二天，邹容把姚文甫的辫子挂在留学生会馆的大门上，旁边写着：清国留学生监督姚文甫之辫。这一事又引来了大批围观者，很快传遍了东京城。

驻日公使蔡钧对此非常恼火，这不是侮辱朝廷命官吗？他立即照会日本外务省，要求到同文书院缉拿邹容。邹容得到这个消息后毫不畏惧，但在朋友的劝告下，他离开东京到了大阪。有个朋友在大阪博览会上遇见了他，叫他别再逗留，免遭折辱，他才由大阪起程，返回上海。

革 命 友 谊

回到上海，邹容住进了爱国学社。这是蔡元培、章士钊等人创办的进步教育组织，专门接纳因宣传或参加爱国活动而被开除学校的进步学生。邹容住到这里如鱼得水，继续同腐朽反动的封建统治斗争。

1903年5月24日爱国学社在上海张园举行集会，邹容登台演讲，倡言革命。他说：

"今天，我们的国家已经到了不得不革命的时候了。革命，可以铲除腐败而保护善良；革命，可以推翻野蛮而增进文明；革命，可以解救奴隶而为主人……我们要在大江南北，黄河上下，竖独立之旗，撞自由之钟。"

章士钊

如此大胆而激烈的言辞，激动着每个人的心，掌声不断响起。一个中年模样的男子则禁不住喊了出来：

"好！讲的好！小伙子，有气派。"他一边说着，一边仰视着台上的邹容，目光中充满了慈爱之意。

这个人就是中国近代史上著名的民主革命宣传家章太炎。他是当时相当有名的国学大师，对中国传统的文学、历史、哲学、佛学都有很深的研究。甲午战争失败后他参加了维新运动，然而谭嗣同等人的流血牺牲深深刺痛了他，他毅然剪掉辫子，投身到反清革命的洪流中，因而在革命派中享有盛名。

邹容在掌声和口号声中走下讲台，章太炎急忙迎上去，拉住邹容的手：

章太炎

"小兄弟，你叫什么名字，是哪里人？"

"我叫邹容，是四川人，刚从日本回来。这位大哥贵姓？"邹容既答又问。

"我是章太炎，很赞同你的观点，更钦佩你的胆略。"

"啊，你就是章先生，我早就听说您了。"邹容的脸上现出了兴奋的光彩。

二人一见如故，章太炎对邹容非常赞赏，特别是邹容显现出来的聪颖、果敢更让他佩服。于是他不让邹容称他先生，和邹容兄弟相称。邹容一身豪气，原不受俗礼限制，因而慨然允诺，一个36岁的大哥，一个18岁的小弟从此变成生死之交。

革命军中马前卒

——民主斗士邹容

章太炎

同治七年十一月三十日，章太炎出生于浙江杭州府余杭县东乡仓前镇。光绪十六年，章太炎到杭州诂经精舍学习，诂经精舍的主持人是俞樾，俞樾是从顾炎武、戴震、王念孙、王引之等一脉相承下来的清代著名朴学大师，撰有《群经平议》《诸子平议》《古书疑义举例》，校正群经，诸子句读，审定文义，并分析其特殊文法与修辞，治学方法缜密，章太炎受其影响，埋头研究学问，前后一共有八年之久，期间章太炎收获颇大。光绪二十年，中日甲午战争中国被日本侵略者打败，在民族危机深重的刺激下，章太炎毅然走出书斋，听到康有为设立强学会，"寄会费银十六圆入会"。并于光绪二十二年年末辞别俞樾，来到上海，担任《时务报》编务。章太炎当时的办报主张是"驰骋百家"，"引古鉴今"，"证今则不为　言，陈古则不触时忌"。他在《时务报》任职不久，文章也只发表《论亚洲宜自为唇齿》和《论学会有大益于黄人亟宜保护》两篇。他认为凡是西方国家的长技，都可以被中国所借鉴，并且可以作为改变成法的参考。应该"修内政"，行"新制度"，不能"惟旧章之守"，而须"发愤为天下雄"。他认为"变郊号，柴社稷，谓之革命；礼秀民，聚俊才，谓之革政。"在当时的社会条件下，应该"以革政挽革命"，亦即实施政治改革。与此同时，章太炎又编撰《经世报》《实学报》和《译书公会报》。还于光绪二十四年上书李鸿章，企求他能把握世界的潮流实行改革。也曾跑到武昌，帮助张之洞办《正学报》，幻想借助他的实力推动维新变法。不久，维新派推动的百日维新夭折，章太炎避地台湾。他对戊戌六君子的惨遭杀戮深表愤慨；对康有为"内不容于谗构"而"见诋于俗儒乡愿者"为之解脱；对以慈禧太后为首的顽固派的专制骄横极为仇恨，"讨之犹可，况数其罪乎？"经历维新新政，他的"革政"思想较前又有发展。

光绪二十五年夏天，章太炎东渡日本，在京都、东京等地为反清做准备，并与梁启超等人修好，之后返回上海参与《亚东时报》编务工作。此时章太炎的排满观和古文经立场日益明确，在苏州出版了其著作《訄书》的第一版，由梁启超题签。

光绪二十六年，义和团运动爆发，八国联军侵华等相继发生，章太炎受到极大震动。7月，在上海召开的中国议会上，他激烈反对改良派提出的"一面排满，一面勤王"的模糊口号，"宣言脱社，割辫与绝"，撰《解辫发》以明志。对过去设想的"客帝""分镇"也进行了纠正，说是"余自戊、己违难，与尊清者游而作《客帝》，饰苟且之心，弃本崇教，其违于形势远矣"。接着，章太炎竖起反清的旗帜，开始向改良派展开斗争。光绪二十七年，章太炎在东京《国民报》发表《正仇满论》，尖锐批判梁启超："梁子所悲痛者，革命耳；所悲痛于革命，而思以宪法易之者，为其圣明之主耳。"

光绪二十八年正月，章太炎再次被追捕，流亡日本。初住横滨，后入东京，和孙中山结识，他们共同商讨推翻清朝之后的典章制度和中国的土地赋税以至建都问题，《訄书》重印本《相宅》和《定版籍》中，就记录了他俩当时的讨论情况。6月，章太炎返回祖国，为上海广智书局修改他的译文，曾译述日本岸本能武太所著《社会学》。他还修改了《訄书》，并立下了编修《中国通史》的志向，认为"所贵乎通史者，固有两方面：一方以发明社会政治进化衰微之原理为主，则于典志见之；一方以鼓舞民气，启导方来为主，则亦必于纪传见之"。

光绪二十九年二月，章太炎到中国教育会赞助成立的上海爱国社任教。这时，抗法拒俄运动展开，革命形势发展，而康有为却发表了《与同学诸子梁启超等论印度亡国由于各省自立书》和《答南北美洲诸华商论中国只可行立宪不可行革命书》，反对革命党公开攻击满族统治者，以为立宪可以避免革命造成的惨剧，鼓吹光绪帝复辟。章太炎看到后，公开批驳康有为。他当初赞成变法，不过是"保吾权位"，如果一旦复辟，必然将中国引向灭亡。章太炎赞美革命："公理之未明，即以革命明之；旧俗之俱在，即以革命去之。革命非天雄、大黄之猛剂，而实补泻兼备之良药矣。"他又为邹容《革命军》撰序，说是"夫中国吞噬于逆胡二百六十年矣，宰割之酷，诈暴之工，人人所身受，当无不昌言革命"。

这天，邹容早早起床，想约章太炎去散步。走到章太炎门口没听到屋里有什么动静，他心想，大哥今天可没我起得早。咚！咚！"大哥是我，该起床了。"

"进来吧，门没锁。"屋里传来了章太炎的声音。

邹容推门进去，只见床上的被褥叠得整整齐齐，章太炎正伏在临窗的书桌上奋笔疾书。烟灰缸里装满了烟头，屋子里烟气熏天。

"怎么，你一夜没睡？忙着写什么呢？"

见邹容走过来，章太炎才停下笔，翻到文稿的第一页。

"《驳康有为论革命书》？康有为不是维新派的领袖吗？他怎么……"邹容有些不解。

"他曾经领导了变法运动，大家敬他是康先生。可是谭嗣同的血已经唤醒了大家，所以我们现在主张推翻清政府重建新中国……"

"对啊，我们就是这样主张，有什么不对？"邹容着急了。

"不对的是康有为，他仍抱着封建皇帝不放，反对我们的革命主张。昨天传来消息，他正在南洋、北美等华侨中传播保皇思想，说中国只能保住光绪这样的圣君，一点一点地改良，不能革命。"

"这么说，他不仅自己倒退了，而且开始和我们

051

——革命军中马前卒

民主斗士邹容

康有为

争夺阵地。"

"对，所以我才连夜写文章反击他。你这阵子忙什么，也写篇文章吧。《苏报》的老板陈范思想激进，倾向革命，写好了，他可以给我们发。"

"好!"邹容毫不犹豫地接受了这个任务，转身离开了章太炎的房间。

这样的文章邹容虽然没有写出来发表过，但他在日本年会上的讲演，在张园的讲演都以反清革命为内容。特别是他在日本读西方那些进步书籍的时候，每有心得体会就记下来，已经积累了不少文稿。

回到自己的房间，邹容把这些材料找出来，以酣畅淋漓的笔端开始了《革命军》的写作。7天以后，邹容带着成稿去找章太炎。

章太炎正和章士钊、柳亚子在讨论着什么，他们都是爱国学社的成员，见邹容进来，大家停下来招呼邹容。

"大哥，我的文章写好了，你看看，再帮我改

改。"邹容拿出了《革命军》的文稿。

章太炎接过来，章士钊和柳亚子也探过头来一起看。文章约有两万多字，分7个部分，比较全面地论述了当时的革命问题：

三人很快被邹容那活泼、明快又激动人心的文字所吸引，特别是那揭示革命、赞美革命、号召革命的内容驱使三人一页接一页地看下去，还不时地大声朗读，高声赞叹：

"好个'文字收功日，全球革命潮'，有气魄，有志气。"这是章太炎。

"'欲御外侮，先除内患'，对，不推翻清政府，就不能抵制外国的侵略。"这是章士钊。

"'革命必先去奴隶之根性'，说得好，我们就应

革命军中马前卒
——民主斗士邹容

柳亚子

柳亚子原名慰高，字稼轩，号亚子。创办并主持南社。民国时曾任孙中山总统府秘书，中国国民党中央监察委员、上海通志馆馆长。"四·一二"政变后，被通缉逃往日本。1928年回国，进行反蒋活动。抗日战争时期，与宋庆龄、何香凝等从事抗日民主活动，曾任中国国民党革命委员会中央常务委员兼监察委员会主席、三民主义同志联合会中央常务理事，中国民主同盟中央执行委员。

该从大办爱国教育入手。"这是柳亚子。

"中华共和国万岁!"读到最后三人同时喊了出来。

柳亚子激动得眼含泪花,拉着邹容的手赞道:"真是革命小将势不可挡,我们的祖国大有希望。"

"我要做革命军马前卒,为革命事业效命疆场。"邹容也为他们的热情所感动,更坚定了反清革命的决心。

"阳春白雪能和者必寡,要想感动广大的下层群众,必须是这样简捷朴实的文字。这一点我们都不及老弟你。"章太炎说。

"不过,这么长的篇幅,在报纸上恐怕发不了。"章士钊已经想到了发表的问题。

这倒提醒了大家,洋洋两万字的长文,不用说报纸,刊物也不易发啊。

革命军中马前卒
——民主斗士邹容

"我有办法，"柳亚子说，"出去筹钱，出单行本的小册子。"

大家一致赞同，然后开始分头行动，由章太炎给《革命军》写序言，先在《苏报》上发表，扩大影响，由章士钊题写书名，并找大同书局印行，柳亚子肩负更重要的使命，找人筹集资金。在大家共同努力下，1903年5月底邹容的《革命军》出版了，这是上海最早的单行本革命书籍。

由于《革命军》一书浅显易懂，很容易被下层群众所接受，因而发行量很大，遍及南方各省。在上海的外国人，争相译成本国语言拿到国内发行，从而使《革命军》不仅鼓舞了国内人民，也激励了各地华侨。

邹容与章太炎为了纪念他们之间的革命友谊，把《革命军》与《驳康有为论革命军》又合在一起刊行，称之为《章邹合刊》。这两篇出自一老一少的名作，一个批判保皇，一个宣传革命；一个文笔典雅深沉，一个言词通俗流畅，是当代宣传革命最有力的姊妹篇，它记述了中国近代史上革命友谊的一段佳话。

柳亚子苏州故居

章炳麟（章太炎）《革命军》序

　　蜀邹容为《革命军》方二万言，示余曰："欲以立懦夫，定民志，故辞多恣肆，无所回避。然得无恶其不文耶!"

　　余曰：凡事之败，在有其唱者，而莫与为和;其攻击者，且千百辈。故仇敌之空言，足以隳吾实事。夫中国吞噬于逆胡二百六十年矣。宰割之酷，诈暴之工，人人所身受，当无不昌言革命。然自乾隆以往，尚有吕留良、曾静、齐周华等，持正义以振聋俗。自尔遂寂泊无所闻。

　　吾观洪氏之举义师，起而与为敌者，曾、李则柔煦小人。左宗棠喜功名，乐战事，徒欲为人策使，顾不问其曲非曲直，斯固无足论者。乃如罗、彭、邵、刘之伦，皆笃行有道士也。其所操持，不洛闽而金溪、余姚;衡阳之黄书，日在几阁。孝弟之行，华戎之辨，仇国之痛，作乱犯上之戒，宜一切习闻之。卒其行事，乃相紾戾如彼。材者张其角牙以覆宗国，其次即以身家殉满洲，乐文采者则相与鼓吹之，无他，悖德逆伦，并为一谈，牢不可破。故虽有衡阳之书，而视之若无见也。然则洪氏之败，不尽由计划失所，正以空言足与为难耳。

今者风俗臭味少变更矣。然其痛心疾首，恳恳必以逐满为职志者，虑不数人。数人者，文墨议论，又往往务为蕴藉，不欲以跳踉搏跃言之。虽余亦不免也。嗟夫！世皆昏昧而不知话言。主文讽切，勿为动容。不震以雷霆之声，其能化者几何！异时义师再举，其必踬于众口之不俚，既可知矣。今容为是书，一以叫咷恣言，发其惭恚。虽昏昧若罗、彭诸子，诵之犹当流汗祗悔。以是为义师先声，庶几民无异志，而材士亦知所返乎！若夫屠沽负贩之徒，利其径直易知，而能恢发智识，则其所化远矣。籍非不文，何以致是也？

抑吾闻之，同族相代，谓之革命；异族攘窃，谓之灭亡；改制同族，谓之革命；驱除异族，谓之光复。今中国既已灭亡于逆胡，所当谋者光复也，非革命云尔。容之署斯名何哉?谅以其所规划，不仅驱除异族而已。虽政教、学术、礼俗、材性，犹有当革者焉，故大言之曰"革命"也。共和二千七百四十四年四月余杭章炳麟序。

章炳麟《革命军》序赏析

十九世纪末二十世纪初，中华民族面临着深重的灾难。帝国主义瓜分中国，激发起广大人民反帝反封建的热潮。义和团起义失败后，资产阶级逐渐担当起历史的重任，一大批有识之士、革命仁人摇旗呐喊，前仆后继。邹容的《革命军》一书就写于此时。《革命军》"驱以犀利之笔，达以浅直之词"，深刻地揭露了清朝政府的腐败、卖国，鞭挞了封建君主专制制度，热情颂扬了资产阶级民主制度，号召人民用革命推翻清朝统治，求得中国之独立。使人读来犹如"目睹其事，耳闻其语"。章炳麟正是认识到该书于革命事业的重要性，慷慨作序。

但这篇"序言"没有正面阐述原作的革命内容，而是直接肯定《革命军》的重要社会意义，进而说明舆论工作对革命事业的重要性。文章首先以《革命军》"辞多恣肆，无所回避"入题，指出"凡事之败，在有其唱者，而莫与为和"，即造舆论之重要。接着他以史实加以证实。洪秀全起义何以失败?原因就在于此。所以作者大胆指出:"然则洪氏之败,不尽由计划失所,正以空言足与为难耳。"而这种状况不革除,于将来的革命事业是相当有害的。

文章接着进一步论述了进行革命宣传应该采取的形式。他指出当时革命宣传虽已有所发展,但"文墨议论",又"往往务为蕴藉",而这正是大毛病。因为当时之人民,深受反革命言论的影响,且"嚚昧而不知话言",以典雅含蓄、"主文讽切",是很不易感动一般大众的,只有以"跳踉搏跃""叫咷恣言"的激烈通俗文字,才能振奋人民,唤起民众的"智识",使他们拥护革命、支持革命,走出迷惑的浓雾,坚决地站到革命中来。而这正是邹容的《革命军》的显著优点,章炳麟给予了高度的评价:"若能以此书普及四万万人之脑海,中国当兴也勃焉。"

文章最后通过解释"革命军"的书名,说明邹容之作不仅仅为了"驱除异族",而且是为了

革命军中马前卒

"虽政教、学术、礼俗、材性，犹有当革者"，即为了宣传反封建主义、建设民主共和而叫喊于世人。

全文以大量的史实，总结了历史经验，提出必须重视革命舆论，运用慷慨激昂、通俗易懂的文字进行宣传，论述有据，很具说服力，对当时的革命宣传具有现实意义，在社会上造成了巨大的反响。

但文章有明显的不足之处，一是对下层人民颇有不敬之词，称他们"罢昧而不知话言"。再是对满族以污蔑的字眼"逆胡"进行詈骂，表现了狭隘的民族主义。但现在的读者若站在当时作者作为一个资产阶级知识分子的角度来看，也是情可理解的。

邹容的《革命军》

在中国面临封建主义的压制和列强压迫的处境下，邹容得出一个与康有为、梁启超保皇派截然不同的结论："欲御外侮，先清内患。"

邹容在《革命军》中，不仅无情揭露清王朝是国内被压迫民族的监牢，而且是帝国主义忠实的走狗。他说："'量中华之物力，结友邦之欢心'，是岂非煌煌上谕之言哉！中国者，中国人之中国也。割我同胞之土地，抢我同胞之财产，以买其一家一姓五百万家奴一日之安逸，此割台湾胶州之本心，所以感发五中矣！"因此，邹容主张用革命的手段，推翻清王朝的专制统治，他豪迈地说："磨吾刃，建吾旗"，同清朝"驰骋于枪林弹雨中"，然后，扫除干涉中国主权的"外来之恶魔"。邹容坚决地宣布：与帝国主义血战到底，"忍令上国衣冠，沦于夷狄，相率中原豪杰，还我河山"。邹容吸取了戊戌变法和义和团的教训，在争取中华民族生存的斗争时，不再维护清朝，而主张坚决地推翻清朝这个"洋人朝廷"，这显然是一个历史的进步。

《革命军》中还提出了建立资产阶级民主共和国的具体方案，共25条纲领。例如，"定名中华共和国""建立中央政府为全国办事之总机关""于各省中投票公举一总议员，由各省总议员中投票公举一人为暂时大总统，为全国之代表人，又举一人为副总统，各府州县又举议员若干""凡为国人，男女一律平等，无上下贵贱之分""不得侵人自由，如言论、思想、出版等事"等等。由此可见，邹容已经具备了比较彻底的资产阶级民主主义思想。

革命的根本问题是政权问题。邹容这个建立共和国的纲领，体现了中国资产阶级的政治要求。用资产阶级民主共和国去取代地主阶级的封建专制制度，用民主选举的总统去更换一家一姓的君主，这使中国社会发生一个巨大的进步。邹容在革命的根本问题上，提出了具有完整的民主主义的资产阶级共和国纲领，不但摆脱了千百年来农民心里的"皇权主义"，而且还摒弃了资产阶级改良派的君主立宪方案，具体回答了当时中国革命的关键问题。

《革命军》以高昂的革命激情，把长期蕴蓄在人民群众心中的阶级仇、民族恨，无所顾忌地呼喊出来，它旗帜鲜明、大胆泼辣地"劝动天下造反"，犹如一声春雷，炸开了万马齐喑的中国大地，受到广泛的欢迎。自从《革命军》出版以后，反清革命运动的政治前途就是建立共和国，已成为定论了。

革命军中马前卒

——民主斗士邹容

《苏报》

　　《苏报》创刊于光绪二十二年五月十六日（1896年6月26日）。光绪二十四年由陈范购得，报馆迁到汉口路20号。自此，《苏报》由抨击顽固守旧，宣传改良维新，进而宣传反清革命。光绪二十八年，自南洋公学学生退学风潮后，《苏报》增辟"学界风潮"一栏，鼓励学生反抗压迫。当时爱国学社缺少经费，陈范与中国教育会、爱国学社商定，《苏报》的社论由蔡元培、章太炎（章炳麟）、章士钊、汪文博等人轮流撰写，报馆每月支付学社百元。《苏报》言论更趋激进。光绪二十九年五月初，章士钊到《苏报》总理报务工作，进行改革，从此《苏报》专以宣传革命为任务。自1903年5月27日～6月29日，该报连续发表十多篇宣传革命的文章；其中突出的是介绍邹容《革命军》和章太炎《驳康有为论革命书》。

俄国撤兵条约

　　1902年(光绪二十八年)中俄签订的关于俄国从中国东北撤出占领军的条约（又称《俄国撤兵条约》）。1900年义和团运动爆发后，沙俄以保护东三省铁路及其他权益的名义，乘机出兵，引发了中国人民的拒俄事件，俄日矛盾亦日益加剧，终于导致1904年2月日俄战争爆发。几

万军队，占领中国东北全境，企图兼并中国东三省。《辛丑条约》签订后，沙俄不肯从东北撤兵。东北人民展开武装抗俄斗争，英、美、日等国也因利益冲突，出面干涉，要求俄国从东北撤兵。沙俄在国际的强大压力下，被迫于同年4月8日与清政府订立《交收东三省条约》。共四条：①东三省归还中国；②俄军在十八个月内分三期(每六个月为一期)全部撤回；③俄军撤退前，清政府在东北"不另添练兵"；撤兵后，驻东北军队人数应随时知照俄国；④规定交还山海关、营口和新民厅沿线铁路后，清政府应给予"赔偿"。第一期撤军如约实行，撤走在奉天省(今辽宁)辽河以西的军队，但1903年4月第二期撤兵时却违约不撤，另提苛刻条件并重新占领沈阳。日本在英、美等支持下，与俄国进行谈判，要求俄军撤退。俄国拒不撤军，激起了中国人民的拒俄事件，俄日矛盾亦日益加剧，终于导致1904年2月日俄战争爆发。

《苏报》案

1903年6月的一个早晨，邹容照常到餐厅吃饭。这个餐厅是爱国学社为社里的学生办的，虽然饭菜档次不高，但很便宜，又是自己的食堂，同学们都爱在这里用餐。每到吃饭的时候大家就评论时事，谈论政局，传递消息，使食堂也成了他们政治生活的一部分。

邹容走进餐厅的时候，一联(指学生联合会)的几个学生正在热烈地谈论着什么，见邹容进来，马上围了过来。

"邹容，你来得正好，我们正在谈你的《革命军》呢？"

"怎么？要和我辩论？"

"不是。你的《革命军》进入兵营了。小李快给他讲讲。"

"怎么回事？快告诉我。"邹容急切地把目光转向被叫作小李的同学。

"我昨晚才从武昌回来，我哥哥是武昌第二十一混成协的下级军官，他说新军中也在看你的《革命军》。"

"是吗？太好了！"邹容内心禁不住高兴。

革命军中马前卒
——民主斗士邹容

"别急，你再听他往下说。"

"后来协统发现了这个情况，搞了一次突击搜查，一营二连65个人当中，竟搜出52本《革命军》，有的是刊印的，有的是手抄的。我哥哥说这些人好像还有秘密组织。"

"我们正在说如果把清政府的新军都变成革命军，推翻清朝不就指日可待了吗？"

"是啊，在军队中宣传是最好的办法。"邹容也被同学们的热情所感染竟忘了去打饭，站在那里和大家讨论起来。

就在这时，从外面慌慌张张地跑进来一个男同学，东张西望，在人群里发现了邹容。

"邹容，你怎么还在这儿，《苏报》出事了，章先

生和蔡先生让你赶紧避出去。"

"他们呢?"

"他们已经走了。"

事情是这样的,从6月1日《苏报》开始公开发表宣传革命的文章到7月7日报馆被封。《苏报》刊登的文章几乎篇篇都谈革命。其中最为激烈的就是介绍《革命军》的文章,直接提出反清革命。再就是章太炎的《驳康有为论革命书》大胆地咒骂光绪皇帝为"小丑"。这对清朝统治者来说无疑是犯上作乱。西太后更是怒不可遏,派人到租界状告陈范、邹容等人,引发了震惊中外的《苏报》案。

英国巡捕房和清政府的警探去抓邹容、章太炎、蔡元培、章士钊。章太炎自己挺身而出,被捕入狱。

邹容先避居在虹口一个美国传教士的家中,后接到章太炎的信,他表示自己要在狱中坚持斗争。邹容不愿置身事外,决心去狱中与章太炎共同斗争。

第二天,邹容收拾了一些必备的物品,一个人来到英国巡捕房,向守门的卫兵说:

"你们不是要抓邹容吗?我就是,把我带进去吧。"

"你还是个孩子,能写出《革命军》?我看你是疯子,走开!走开!"巡捕向邹容吼道。

松篁气俗韵

金石有遗音

梦枕仁儿

康有为

"你不信吗？拿《革命军》来，我讲给你听。"

守门卫兵将信将疑地将邹容带进巡捕房，拿照片来一对，果然是邹容。

连邹容在内，英巡捕共抓了6个人，除了邹容和章太炎，还有4个都是和《苏报》有关的人。《苏报》的老板陈范已事先得到消息，和女儿一起逃到了日本，只抓了几个无关紧要的人。

邹容等被关进巡捕房后，西太后立即派上海道台袁树勋、南京候补道员俞明震，向工部局和各国领事多方活动，想把邹容等押解到南京，由清政府加以治。西太后在中国一手遮天，但她要拿几个人，还要和巡捕房和各国领事交涉，可见租界在近代中国是

清政府探警

"国中之国"，租界里的一切事务都由外国人组成的工部局来管，清政府管不到，这也是中国半殖民地特征之一。邹容等人是在租界里被捕，自然是由工部局的巡捕房来看押。西太后要把他们引渡到清政府一边，必须首先征得工部局的同意。

以英国人为首的工部局坚决反对清政府的要求，因为他们要保持在中国享有"租界治外法权"的特权，清政府的阴谋没有得逞。清政府在帝国主义面前束手

租界

租界是指两个国家议订租地或租界章程后，在其中一国的领土上为拥有行政自治权和治外法权（领事裁判权）的另一国设立的合法的外国人居住地。在中国是指近代历史上帝国主义列强通过不平等条约强行在中国获取的租借地的简称，多位于港口城市。

由于租界在历史上的地位及作用，现在被大部分历史学家认为是殖民地、半殖民地国家所特有的。历史上19世纪中叶以前的日本、印度、伊朗均有租界的存在。1845年11月15日，英国在中国上海设立了近代史上的第一块租界。

清末租界

无策，不惜污辱国体，自己当原告，到帝国主义设在中国的法庭去和自己管辖的百姓打官司。

1903年7月15日早晨，天沉沉，雾蒙蒙，一队人马由上海四马路老巡捕房穿过浙江路大桥。十几名印度巡捕手持刀枪骑在马上，押解着两辆马车飞驰而去。车上被押的正是邹容、章太炎等6人，反动派就要对他们进行非法审讯了。

所谓的法庭就是公共租界的会审公堂，也叫租界公廨。大钟响了10下，审讯正式开始。邹容等人站在被告席上。英、美等国的领事、工部局的代表、翻译、书记员，还有上海道台袁树勋、上海县令汪瑶庭等都坐在审判席上。坐在听众席前面的是清政府的辩护律师古柏和邹容等人的辩护律师爱立司。

爱立司首先站起来环顾一下公堂，然后指着原告席问道：

"既有被告，就有原告，这个席位怎么空着？请问原告是谁？是清朝政府吗？是两江总督吗？还是上海道台？"

会审官突然被问住了，你看看我，我看看你，又回头看了看袁树勋和汪瑶庭，一时不知说什么好。

台下听众席上出现了嘈杂声，邹容觉得这些洋鬼子和清政府走狗真可笑，站在被告席上大笑起来：

"哈哈，好笑！好笑！"

会审官一拍桌子："肃静！肃静！原告就是中国政府，这还用问吗？"

代表清政府的古柏律师急忙站起来："邹容、章太炎著书煽动国人造反，已属大逆不道。更有甚者章太炎骂当今皇上为'小丑'，邹容书中不仅大言革命，而且要杀尽满人。这与当年的太平军有何不同？"

提讯开始了，先提章太炎。

"我叫章炳麟，字太炎，号枚叔，杭州人。早年家居读书，后教书、办报，两次去日本。今年2月来上海，见康有为著书反对革命，袒护清朝，便写文章加以驳斥。文章写完了我就托人带到香港，再由香港转寄新加坡，后来就没有消息了。至于书中'载湉小丑'四字，触犯了'清帝的圣讳'，那我可不知道。我只知道载湉是人名，有名就是让人叫的……"

会审官一时不知从何诘难，就接着传讯邹容。

"我叫邹容，字蔚丹，第一次来上海在广方言馆学外语，后到日本东京留学，因恨满洲贵族专制卖国，就写了《革命军》。今年四五月间回到上海，听说你们要拘留我，我就自己到巡捕房来了。"邹容一身正气，毫不畏惧。

辩护律师开始辩护了。他手里拿着一本《邹章合

工部局

1853年9月7日，中国政府失去对外侨居留地的控制。1854年7月11日，上海租界组成自治的行政机构工部局，开始形成自己的警察、法庭、监狱等一套类似于政府的体系，进行市政建设、治安管理、征收赋税等行政管理活动。其后开辟的租界都仿照上海租界的制度。后来部分租界（如天津）甚至有常规外国军队入驻。工部局在实质上担任了一种租界市政府的角色。

租界的工部局总巡捕房

刊》说道：

"书中所指都是满洲贵族，与中国汉人毫不相干，并非想要扰乱人心。此书是他们的私著，各国平民都有著书的自由，他们也有著书的权力。至于是不是他们刊印的，这书上既没有印名，就没有真凭实据，请从宽办理。"

就这样一审、二审、三审，你争来，我辩去，始终也没有定罪。清政府不甘心，总想把邹、章二人弄到手，置于死地。于是又开始交涉，要把《苏报》案移到北京，通过外务部和外国公使交涉，走上层路线达到目的。但英国恐怕在这个问题上一开口，就会影响他们在租界的统治地位，仍然没有答应。清政府无奈，只好退一步，同意开释其他在押人员，只办邹容和章太炎。

1903年12月24日会审公堂判邹、章两人"永远监禁"，即今天所说的无期徒刑。

消息传出，舆论界大哗，对这种非法的判决给以猛烈的抨击。有家报纸认为邹、章等人久被监禁，于道德、于法律都不合理，大众要求立即将二人释放，恢复他们的自由。在舆论的压力下，会审公堂只好将此判废除，直拖到1904年5月才将章太炎判三年监禁，邹容判两年监禁，从到案之日算起，期满驱逐出境，不准在租界逗留。

震惊中外的《苏报》案终于了结了，清政府以为通过查封《苏报》，监禁邹容、章太炎，给革命党人以威慑，就会使日益高涨的革命风潮受到约束。他们的如意算盘打错了！《苏报》案恰恰暴露了满清政府的奴才嘴脸，在自己的国土上，到外国人面前状告自己的百姓，这样的政府还留它何用？在外国主子面前奴颜婢膝，在百姓面前却大发淫威，这样的政府，它对人民的压力越大，迫害越深，人民反抗的烈火就越旺。《苏报》案刚好起到了揭露清政府的丑恶嘴脸，唤醒人民起来革命的作用。

壮志未酬身先死

邹容和章太炎最开始的时候被拘留在巡捕房里，审讯时移到了会审公堂的监狱，判决后被关进了提篮桥租界监狱。

这期间，邹容和章太炎一直被关在一起，他们相互鼓励，相互温暖，还为我们留下了感人的诗篇。

邹容吾小弟，披发下瀛洲。

快剪刀除辫，干牛肉作糇。

英雄一入狱，天地亦想秋。

临命须掺手，乾坤只两头。

　　这是章太炎赠给邹容的诗，他赞扬邹容为追求救国真理，17岁就离开故乡到日本留学，带头剪了姚监督的辫子，他发奋读书，为革命奔走，时常忙碌得以牛肉干当饭吃，现在虽然入狱了，他愿意和邹容携手并肩，斗争到底。

　　邹容很感激来自太炎大哥的鼓励，他也作诗一首，回赠章太炎：

　　　　我兄章枚叔，忧国心如焚。

　　　　并世无知己，吾生苦不文。

　　　　一朝沦地狱，何日扫妖氛！

　　　　昨日梦和尔，同兴革命军。

　　不仅称赞了章太炎的爱国精神，而且表现了邹容革命的忘我精神。他虽身陷囹圄，想的不是个人的安危，却是革命的大业。

　　但是狱中的生活非常艰苦，每日出外做苦力，回来吃粗劣的饭食，还吃不饱。看守大都是极其残暴，打人专打腰部，有时将人打倒后，再由几个人围打，直至昏死。在押的囚犯中，时常有被折磨死的，让人时刻感到死亡的威胁。

有一天，在外面搬了一天石头，邹容累得筋疲力尽，回来一头倒在地铺上一动也不想动。章太炎毕竟是成年人，比邹容的状况好得多，但也非常劳累。他倒了一杯水递给邹容：

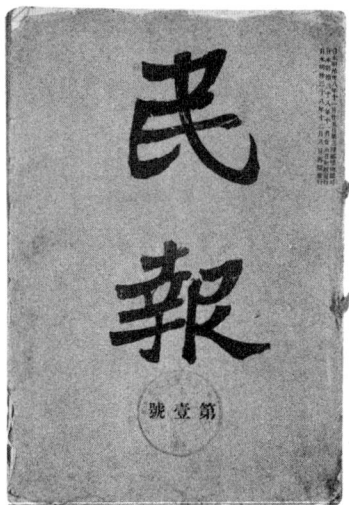

"先喝口水吧，饭还不知道什么时候来。"

邹容接过水喝了几口又倒下了，脸色非常难看。章太炎深深叹了口气，又去水盆里洗了毛巾，替邹容擦脸。

送饭的终于来了。所谓的饭就是一个大黑桶里面装着稀糊糊的东西，两个狱卒提着，一个拿着饭勺，每人两三勺，就是一顿饭。

"怎么还是苞米糊煮白菜？今天的活够累了。"章太炎先伸头到桶里看了一下，禁不住抱怨。

"爱吃不吃，就这东西。"印度狱卒操着半生不熟的中国话说。

章太炎篆书法

"你们拿犯人当不当人？"邹容从地铺上站起来，"就算是牲畜，干活累了也得添点儿料，吃顿饱吧？你们那些英国主子，天天讲人道！人道！人道在哪？"邹容边说边大骂起来。

拿饭勺的狱卒先是一怔，还没人敢这么和他们讲话呢，接着飞起一脚，正踢在邹容腰上，邹容大叫一声倒在地上，提桶的两个狱卒放下桶也抢了上来想要围打。就在这时，章太炎先一步护到邹容身上。

"住手！他已经很弱了，打死他你们谁敢负责？我们的朋友都在报社，你们不怕舆论谴责吗？"

狱卒们对政治犯原本比对其他人宽一些，听章太炎这么一说，真的住了手，骂了几句就走了。

这一夜邹容腰疼得很厉害，不住地呻吟着，章太炎见他这样，心里很难过：

"小弟，疼得很厉害吗？"

"噢，没什么，你不用替我担心。"

——民主斗士邹容

革命军中马前卒

章太炎点上灯，又帮邹容坐起来，他想用交谈的方式转移邹容的注意力，从而减轻他的痛苦。

"离出狱还长着呢，和他们斗争一定要讲策略。"

"我恨透了这个黑暗的世界，恨不得把这个世界的恶鬼一个一个地都吃掉。"

"你还年轻，只要能活着出去，就有机会参加毁掉这个世界的斗争。"

一提到斗争，邹容的眼里立即放出光芒。

"大哥，我和你一样，不畏惧死亡。我已经给满清政府投下了《革命军》这颗炸弹，如果我出去，我就到战场上用真炸弹同他们战斗。如果我死在这里，我也不后悔，我愿用我年轻的生命唤起后来人，继续革命。"

邹容激动了，他开始用诗来表达此时的情怀：

"平生御寇御风志。"

"近死之心不复阳。"章太炎也被邹容的革命激情所感染，随即就和

清政府的打板子

了一句。

邹容见章太炎和他，非常高兴。"大哥，我还有呢。愿力能生千猛士。"

"补牢未必恨亡羊。"章太炎边说边拉住了邹容的手，两个人都决心为革命献出生命。

但是，邹容越来越虚弱，越来越经不起折磨，1905年2月邹容终于病倒了，常处于昏迷状态，吃什么，吐什么。章太炎非常着急，托人从外面买来黄连和阿胶等中药给邹容吃，都没有什么效果。章太炎无奈，开始和监狱长交涉，要求找医生给邹容医治，一次又一次，狱方始终不同意。

1905年4月2日，邹容一连三次呕吐，三次昏厥。章太炎看着被病魔折磨的邹容，泪水禁不住落下来，后悔当初自己不该给他写信。

"小弟，是我害了你，我不该给你写信。如果你不看到我的信，不来投案，就不会……"

"大哥，快别这么说，我不后悔，你还记得我在《革命军》绪言里那句话吗？'文字收功日，全球革命潮'，我坚信革命潮……"邹容没等说完又昏了过去。

章太炎再也忍受不住了，他拿起饭碗向外面砸了出去：

"来人，快来人！你们这些该死的洋鬼子，为什么不给他治病？你们想让他死，为什么不当时判他死刑？为什么现在活活折磨他？该死的洋鬼子……"章太炎大喊大叫，不停地拿东西砸门。狱卒拿皮鞭来威胁他，甚至打他，都制止不了他，最后终于把监狱长闹出来了。

"你们看看，人都病到什么程度了，他不是死刑，为什么不救他？"章太炎的嗓音都嘶哑了。

监狱长走到邹容身边看了看，见邹容确实病得很严重了。

"好吧，明天送他上医院。"说完就走了。

章太炎终于争来了替邹容看病的机会，他弄来一盆水，把邹容的身上、脸上都擦洗得干干净净，以便明天就医。

傍晚的时候，邹容又醒过来一次，章太炎把出外就医的消息告诉了他，邹容微微地笑了笑，算是表示感谢。

晚上，快要熄灯的时候，一个狱卒送来一包药，让章太炎先给邹容吃了。

第二天凌晨，章太炎被一阵剧烈地呕吐声惊醒。这时天空乌云密布，雨声淅沥，冷风阵阵吹来，他突然发现，邹容这次吐的不是黄水，而是鲜血。一种不祥的征兆立即压上了他的心头。

"小弟！小弟！你怎么了？"

可是，邹容已经不能回答他了。章太炎扑在邹容尸体上放声大哭。

"苍天啊，他有什么错，你为什么夺去他的性命？为什么？为什么啊？"随着章太炎的悲呼，窗外电闪雷鸣，大雨哗哗地落了下来。

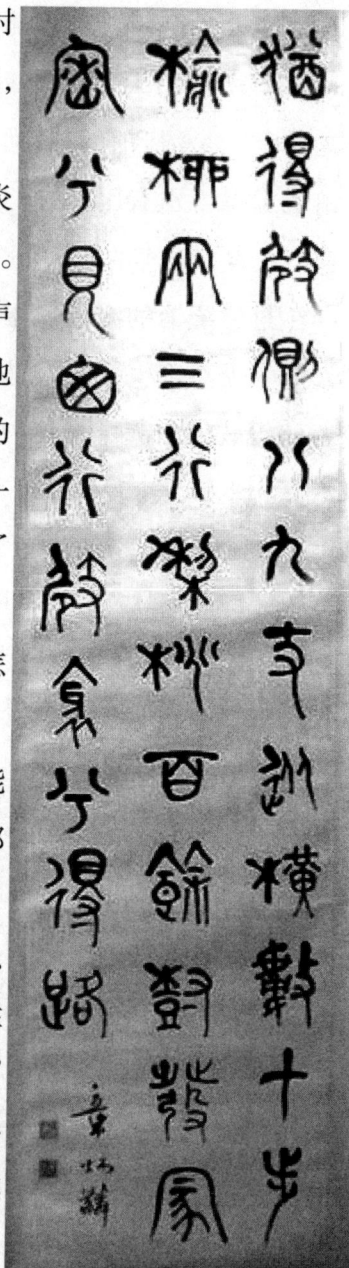

　　邹容去了，怀着未了的心愿。他离去的这一天离监禁期满只差70天。章太炎怀疑头天晚上吃下的那包药是毒药，是清政府勾结狱卒加害邹容。东京留学生会馆也觉得事出有因，专门派人到上海来调查，但没有查出线索，邹容的死，至今还是一桩疑案。

　　在封建统治的漫漫黑夜里，邹容怀着救国救民追求光明的崇高理想，以17岁的少年挂帆远洋，追求真理。他勇敢地拿起笔来做刀枪，与反动势力进行了不屈不挠的斗争，给我们留下了宝贵的精神财富。

《革命军》(赏析)

1903年,我国政治思想界的一件大事,就是邹容的《革命军》的刊行。《革命军》是晚清资产阶级民主革命运动中影响极大的一本通俗革命读物,它刊行以后,各地纷纷翻印,销售量达百万册以上,章炳麟称它是"义师先声"。这里节选的就是全书的第一章。

文章一开篇,就直入主题,热情讴歌了革命的伟大力量,指出革命的目的是"扫除数千年种种之专制政体,脱去数千年种种之奴隶性质",推翻清朝的统治,建立"中华共和国",为了消除人们的模糊认识,接下来,作者从几个不同的角度阐释了革命的性质。

首先,作者指出革命是自然界以新代旧的进化规律。虽然每个人的思想不同,但对于居处、饮食、衣服、器具这些生活的优劣感受是一致的,这种共同的感受就是触发"由野蛮而进文明""除奴隶而为主人"的革命的根本。推而广之，宗教道德、政治学术等领域无不要经由新旧交替的淘汰选择。作者以英、美、法等西方资产阶级革命为例，有力地证明了革命对推进社会发展，使人人享有平等自由的巨大作用，表达了自己对革命的热切向往。

接着，作者将视点落到中国自身，从历史的角度剖析了中国自古及今专制统治的流毒，痛心疾首地指出其极大地阻碍了中国摆脱旧体，寻求新生。

最后，作者笔锋一转，指出在中国危在旦夕之际，西方先进的资产阶级民主思想的输入，为中国的革命道路树起了榜样，将启迪民众的思考，唤起革命的信心。作者大声疾呼人们不要徘徊观望，应该勇于加入革命的行列，在祖国的生死前途面前作出选择。

虽然由于历史条件的限制，作者对满族等少数民族带有偏见，对西方资产阶级学说及其革命也作了无批判的褒扬，这是其不足之处，但纵观全文，通篇洋溢着的革命激情和爱国赤忧却是难以阻挡的。文章气势不凡、词锋锐利，有一种振聋发聩的感染力量。这是由于作者在语言表达上大量运用了排比、反问、惊叹句式，将心中澎湃的爱国热潮倾泻笔端，收到了很好的艺术效果。如："吾于是沿万里长城，登昆仑，游扬子江上下，溯黄河，竖独立之旗，撞自由之钟，呼天吁地，破颡裂喉，以鸣于我同胞前"，将众多意象凝聚一堂，具有视野广阔、一泻千里的壮阔之美，极富感召力。同时，"十八层地狱""三十三天堂""还魂返魄之宝方"等比喻手法的运用也使作者阐述的道理更加通俗浅显，易于为广大民众所接受。

　　正是由于作者在《革命军》的字里行间倾注了自己炽热的激情，并调动多种表现手法，层次分明、深入浅出地进行革命道理的传播，才使《革命军》具有了深远的影响力，成为旧民主主义革命时期照亮人们前进的一支火炬。

《革命军》（节选）

①革命者，天演之公例也；革命者，世界之公理也；革命者，争存争亡过渡时代之要义也；革命者，顺乎天而应乎人者也；革命者，去腐败而存良善者也；革命者，由野蛮而进文明者也；革命者，除奴隶而为主人者也。是故一人一思想也，十人十思想也，百千万人，百千万思想也，亿兆京垓人，亿兆京垓思想也。人人虽各有思想也，即人人无不同此思想也。

夫如是也，革命固如是平常者也。虽然，亦有非常者在焉。闻之一千六百八十八年英国之革命，一千七百七十五年美国之革命，一千八百七十年法国之革命，为世界应乎天而顺乎人之革命，去腐败而存良善之革命，由野蛮而进文明之革命，除奴隶而为主人之革命。牺牲个人，以利天下，牺牲贵族，以利平民，使人人享其平等自由之幸福。甚至风潮所播及，亦相与附流会汇，以同归于大洋。大怪物战！革命也。大宝物哉！革命也。

吾悲夫吾同胞之经此无量野蛮革命，而不一伸头于天下也。吾悲夫吾同胞之或事齐事楚，任人掳抛之无性也。吾幸夫吾同胞之得与今世界列强遇也；吾幸夫吾同胞之得闻文明之政体、文明之革命也；吾幸夫吾同胞之得卢梭《民约论》、孟德斯鸠《万法精理》、弥勒约翰《自由之理》《法国革命史》、美国《独立檄文》等书译而读之也。是非吾同胞之大幸也夫！是非吾同胞之大幸也夫！

夫卢梭诸大哲之微言大义，为起死回生之灵药，返魄还魂之主方，金丹换骨，刀圭奏效，法、美文明之胚胎，皆基于是。我祖国今日病矣，死矣，岂不欲食灵药、投宝方而生乎？若其欲之，则吾请执卢梭请大哲之宝旌，以招展于我神州上。不宁惟是，而况又有大儿华盛顿于前，小儿拿破仑于后，为寻同胞革命独立之表本。

②某之言，可以尽吾国士人之丑态，而曰：

"复试者，几桌不具，待国士如囚徒。赐宴而尘饭涂羹，视文人如犬马。簪花之袍，仅存腰幅，辣围之膳，卵作鸭烹。一入官场，即成儿戏。是其于士也，名为恩荣，而实羞辱者，其法不行也。由是士也，髦龄入学，皓首穷经，夸命运、祖宗、风水之灵，侥房师、主司、知音之幸，百折不磨，而得一第，其时大都在强仕之年矣。而自顾余生吃着，犹不沾天位天禄毫未忽厘之施，于此而不鱼肉乡愚，威福梓里，或恤含冤而不包词论，或顾廉耻而不打抽丰，其何能赡养室家，撑持门户哉？"痛哉斯言！善哉斯言！为中国士人之透物镜，为中国士人之活动大写真（即影戏）。然吾以为处今之日。处今之时，此等丑态，当绝于天壤也。既又闻人群之言曰："某某入学，某某中举，某某报捐。"发财做官之一片喊声，犹是嚣嚣然于社会上。如是如是。上海之滥野鸡，如是如是，北京之滑兔子，如是如是，中国之腐败士人。嗟乎！吾非好为此尖酸刻薄之言，以骂尽我同胞，实吾国士人荼毒社会之罪，有不能为之恕。《春秋》责备贤者。我同胞盍醒诸！

③有野蛮之革命，有文明之革命。

野蛮之革命，有破坏，无建设。横暴恣睢，适足以造成恐怖之时代，如庚子之义和团，意大利之加坡拿里，为国民增祸乱。

文明之革命，有破坏，有建设。为建设而破坏，为国民购自由平等独立自主之一切权利；为国民增幸福。

革命者，国民之天职也；其根底源于国民，因于国民，而非一二人所得而私有也。今试问吾侪何为而革命？必有障碍吾国民天赋权利之恶魔焉，吾侪得而扫除之，以复我天赋之权利。是则革命者、除祸害而求幸福者也。为除祸害而求幸福，此吾同胞所当顶礼膜拜者。为除祸害而求幸福，则是为文明之革命，此更吾同胞所当顶礼膜拜者也。

欲大建设，必先破坏，欲大破坏，必先建设，此千古不易之定论。吾侪今日所行之革命，为建设而破坏之革命也。虽然，欲行破坏，必先有以建设之。善夫意大利建国豪杰玛志尼之言曰："革命与教育并行。"吾于是鸣于我同胞曰："革命之教育。"更译之曰："革命之前，须有教育，革命之后，须有教育。"

今日之中国，实无教育之中国也，吾不忍执社会上种种可丑、可贱、可厌嫌之状态，以出于笔下。吾但谥之曰："五官不具，四肢不全，人格不完。"吾闻法国未革命以前，其教育与邻邦等；美国未革命以前，其教育与英人等，此兴国之往迹，为中国所未梦见也。吾闻印度之亡也，其无教育与中国等，犹太之灭也，其无教育与中国等，此亡国之往迹，我国擅其有也。不宁惟是：十三洲之独立，德意志之联邦，意大利之统一，试读其革命时代之历史，所以鼓舞民气，宣战君主，推倒母国，诛杀贵族，倡言自由，力尊自治，内修战事，外抗强邻。上自议院宪法，下至地方制度，往往于兵连祸结之时，举国糜烂之日，建立宏猷，体国经野，以为人极。一时所谓革命之健儿，建国之豪杰，流血之巨子，其道德，其智识，其学术，均具有振衣昆仑顶，濯足太平洋之慨焉。吾崇拜之，吾倾慕之，吾究其所以致此之原因。要不外乎教育耳。若华盛顿，若拿破仑，此地球人种所推尊为大豪杰者也，然一华盛顿，一拿破仑倡之，而无百千万亿兆华盛顿、拿破仑和之，一华盛顿何如？一拿破仑何如？其有愈于华、拿二人之才之识之学者又何如？有有名之英雄，有无名之英雄，华、拿者，不过其时抛头颅溅热血无名无量之华、拿之代表耳！今日之中国，固非一华盛顿、一拿破仑所克有济也，然必须制造无量无名之华盛顿、拿破仑，其庶乎有济。吾见有爱国忧时之志士，平居深念，自尊为华、拿者，若而人其才识之愈于华、拿与否，吾不敢知之，吾但以有名之英雄尊之。而此无量无名之英雄，则归诸冥冥之中，甲以尊诸乙，乙又以尊诸丙，呜呼，不能得其主名者也。今专标斯义，相约数事，以与我同胞共勉之。

革命军中马前卒
——民主斗士邹容

一、当知中国者，中国人之中国也。

一、人人当知平等自由之大义。

一、当有政治法律之观念。政治者，一国办事之总机关也，非一二人所得有之事也。法律者，所以范围我同胞，使之无过失耳。昔有曰："野蛮人无自由。"野蛮人何以无自由？无法律之谓耳。我能杀人，人亦能杀我，是两不自由也。条顿人之自治力，驾于他种人者何？有法律亡观念故耳。由斯三义，更生四种：

一曰养成上天下地，唯我独尊，独立不羁之精神。

一曰养成冒险进取，赴汤蹈火，乐死不辟之气概。

一曰养成相亲相爱，爱群敬己，尽瘁义务之公德。

一曰养成个人自治，团体自治，以进人格之人群。

鄒容烈士紀念碑

099

——民主斗士邹容

革命军中马前卒

中华魂·百部爱国故事丛书

提 要

《誓与禁烟相始终——民族英雄林则徐》

林则徐严禁鸦片，坚决抵抗西方列强的侵略，坚持维护国家主权和民族利益。他是中国近代历史上第一位睁眼看世界的人，是抗击帝国主义殖民侵略的第一人，是中华民族抵御外侮过程中伟大的民族英雄。

《血洒虎门御敌寇——抗英将军关天培》

民族英雄关天培，在第一次鸦片战争中为了抗击英国侵略者的入侵而血洒虎门，为国捐躯，谱写了一曲可歌可泣的英雄赞歌。关天培用他的生命，书写了中国人民反抗外侮的历史。

《威震镇海靖节魂——抗敌英雄裕谦》

在第一次鸦片战争期间的众多牺牲者中，有一位官阶最高，他就是两江总督裕谦。裕谦与外国侵略者斗争立场坚定，与国内妥协派、投降派斗争态度坚决。裕谦督战镇海，与英国侵略军浴血奋战，临危不惧，以身报国，浩气长存。

《斩邪留正解民悬——太平天国领袖洪秀全》

农民出身的洪秀全，从失意文人到起义领袖，经历了长期的思想演变过程，在外敌入侵、清朝政府腐朽的历史环境之下，顺应时代的潮流，成长为一位非凡的历史英雄人物，建立了与清朝政府相抗衡的农民政权——太平天国。

《仰承汉唐　荟萃中外——近代数学家李善兰》

李善兰是我国19世纪重要的科学家之一，在数学、天文学、力学等方面都有重大建树。他继承了我国古代数学的成就，又以极大的热情传播西方科学文化，"仰承汉唐，荟萃中外"，把自己的一生献给了科学事业。

《严谨治学　勇于探索——近代著名数学家华蘅芳》

华蘅芳，中国近代数学家之一。其精通中国古算学，并熟练掌握西方近代数学，是中国验证抛物线并著书立说的参与者。为了证明"外国有的，中国也能造"而鞠躬尽瘁，在引进西方科学技术、传播科学知识上贡献卓著。

《折冲樽俎护山河——近代著名外交家曾纪泽》

曾纪泽是中国近代史上著名的爱国外交家，在中俄伊犁交涉事件中，他秉承抵抗列强、保卫国家的坚定意志，利用外交手段全力同沙俄抗争，捍卫了国家主权、民族尊严，收回了祖国的领土，在近代中国外交史上留下了光辉的一页。

《甲午海战留英名——民族英雄邓世昌》

邓世昌，北洋水师名将。本书以邓世昌的成长过程为线索，以代表性的历史故事为主要内容，还原真实的历史事件，突出鲜明的人物性格。邓世昌因在中日甲午海战中突出的英雄气概而名垂史册，书写了伟大的爱国主义篇章。

《誓与舰队共存亡——北洋水师提督丁汝昌》

丁汝昌处在清朝政府的腐朽和李鸿章的专断下，难以施展爱国的抱负，壮志未酬，愤恨而终。但丁汝昌为建立近代海军作出的巨大贡献，带领北洋舰队爱国官兵勇抗强敌的英雄事迹，将永远为后代所传颂。

《镇南关上凯歌扬——抗法老英雄冯子材》

1885年中法战争中，年逾古稀的冯子材为抵御外国侵略，勇赴国难，大败法军于镇南关，并乘胜追击，接连收复文渊、谅山等地，从根本上扭转了中法战争的局面，成为近代民族英雄的杰出代表。

《屡败法军逞英豪——黑旗军将领刘永福》

刘永福是黑旗军的创建者，是农民出身的杰出军事家、政治活动家。在19世纪发生的援越抗法、中法战争中，他率部与帝国主义侵略者进行了殊死的战斗，建立了卓越的功勋，成为我国近代史上著名的民族英雄，为后世所景仰。

《矢志变法强国家——戊戌变法领袖康有为》

康有为是清末民初最有影响力的思想家之一。他领导了中国知识界的启蒙运动，掀起了一场自上而下的政体改革。他最早在中国提出了立宪政体和具体的宪政方案，主张在坚持儒家传统和帝制的前提下，学习西方经验，他的进步思想对近代中国具有深远的影响。

《开民智以报国 普新知而图强——戊戌变法思想家梁启超》

梁启超，中国近代史上著名的政治活动家、启蒙思想家、史学家、文学家，戊戌变法领袖之一。本书以百日维新思想家梁启超的成长过程为线索，以代表性的历史故事为主要内容，还原真实的历史事件，突出鲜明的人物性格。

102

《我自横刀向天笑——维新志士谭嗣同》

谭嗣同在民族危机的严重时刻，投身改革救中国的洪流。为了带给祖国一个光明的未来，紧要关头，他挺身而出，用自己的鲜血激励后人，把宝贵的生命献给了变法事业。

《睡乡敢遣警世钟——用生命警策国人的陈天华》

陈天华是民主革命的活动家和宣传家。他写的《猛回头》《警世钟》等书，起到了革命启蒙的重大作用。为了激发留日学生的爱国情怀，他不惜投海自杀，演出了近代史上感人至深的一幕，给后人留下了难忘的印象。

《革命军中马前卒——民主斗士邹容》

革命乃"至尊极高，独一无二，伟大绝伦之一目的"；它是"天演之公例，世界之公理，顺乎天而应乎人"的伟大行动。因此，必须"仗义群兴革命军"。他激情高呼："革命独子万岁！中华共和国万岁！"这就是《革命军》的作者，中国近代著名资产阶级革命宣传家邹容。

《休言女子非英物——鉴湖女侠秋瑾》

为民族解放和妇女解放而英勇斗争的秋瑾，冲破封建礼教的思想牢笼，打碎封建精神枷锁，崇仰真理，追求光明，主张共和，坚持男女平等，最终献出了自己年轻的生命。

《血溅校场　杀身成仁——民主斗士徐锡麟》

本书讲述了反清志士徐锡麟弃文从武、投身反清革命事业，最终被清政府杀害的故事。出于对国家的热爱，徐锡麟献出自己的生命，他的事迹将永远激励后人深切缅怀这位民主革命的先驱。

《生可死耳　我志长存——献身民主的禹之谟》

禹之谟，民主革命党人，同盟会会员，近代资产阶级革命家、实业家。1886年，20岁的禹之谟"提三尺剑，挟一卷书"游历四方，研究西方社会政治学说，忧国忧民之心日趋强烈。戊戌变法失败，他丢掉改良幻想，倡革命救亡之说，走上民主革命道路。

《物竞天择　适者生存——资产阶级启蒙思想家严复》

严复是中国近代著名的启蒙思想家、翻译家和教育家。他长期从事教育和翻译事业，为近代中国人才培养和思想启蒙作出了重要贡献，同时他也为中国的翻译事业和中西思想文化交流做出了重要贡献。

《辛亥革命急先锋——资产阶级革命家黄兴》

黄兴，清末民初资产阶级革命家，中华民国开国元勋。黄兴在武昌首义及辛亥革命时期的爱国表现，与孙中山闻名于当时，常被时人以"孙黄"并称。本书以资产阶级革命活动实干家黄兴的成长过程为线索，歌颂了先辈伟大的爱国主义精神。

《矢志革命　百折不回——近代民主革命家廖仲恺》

廖仲恺追随孙中山踏上了创立民国与捍卫共和制的旧民主主义革命

之路；在新民主主义革命时期，他为建立、巩固首次国共合作和实施三大政策，英勇奋斗，为国殉职，洒尽了一腔热血。

《将军拔剑南天起——护国英雄蔡锷》

蔡锷是中国近代史上的杰出军事家、爱国者。他的一生短暂而伟大。辛亥革命爆发，他毅然投身于革命洪流之中，领导云南重九起义，对武昌起义积极响应。袁世凯窃国复辟、恢复帝制的阴谋暴露出来以后，他又毅然举起了武装讨袁的旗帜。

《反帝反封建运动——五四青年的爱国故事》

五四运动是一次伟大的反帝反封建的爱国运动；是一个伟大的历史转折点；是中国人民的斗争从挫折走向胜利的一个关节点，它为中国的前进开辟了一条全新的道路，拉开了中国新民主主义革命的序幕。

《思想自由　兼容并包——著名教育家蔡元培》

蔡元培是中国近现代著名的民主革命家和教育家，一生经历风雨，却始终信守爱国和民主的政治理念，致力于废除封建主义的教育制度，奠定了我国新式教育制度的基础，为我国教育、文化、科学事业的发展做出了富有开创性的贡献。

《为国家争光　为民族争气——中国铁路之父詹天佑》

詹天佑是我国最早的杰出铁道工程师，因主持建造京张铁路而闻名中外，被誉为"中国铁路之父"。他为祖国的铁路事业贡献了毕生的精力。本书向读者展示了詹天佑热爱祖国、科技兴国的辉煌人生。

《实业救国　衣被天下——轻工之父张謇》

张謇是爱国实业家、教育家。他年轻时中过状元。过了40岁，开始投身工商实业活动中，他的名言是"富民强国之本在于工"。在南通，创办大生丝厂、银行等各种实业。并将创办实业的大部分所得投入教育。他的观点是，教育和实业一样，也是"富强之大本"。

《心向革命　追求光明——平民将军冯玉祥》

冯玉祥将军"是一位从旧军人转变而成的坚定的民主主义战士"。

抗日战争期间，他辗转各地，用实际行动积极抗战。日本战败投降后，他为了断绝美国的援蒋内战，又在美国四处演说，揭露蒋介石统治之黑暗，痛斥美国阴谋分裂中国的不良行为。

《刑场上的婚礼——革命烈士周文雍　陈铁军》

周文雍是广州起义的主要领导人之一。陈铁军出身于华侨商人家庭，却毅然投身革命洪流。1928年1月，两人接受派遣，回到广州假扮夫妻从事革命斗争，却不幸被捕。临刑前，两位烈士将敌人的枪声当作自己婚礼的礼炮，用生命和爱情谱写出一曲千古绝唱。

《星星之火　可以燎原——井冈山斗争的故事》

1927—1929年，毛泽东、朱德等老一辈革命家，在井冈山创建了农村革命根据地，进行了艰苦卓绝的斗争，建立了新型革命武装，点燃了工农武装革命之火，找到了农村包围城市最后夺取政权的中国革命的正确道路。

《新民学会的主要发起人——中国共产党早期革命家蔡和森》

蔡和森青年时期曾与毛泽东等人一起组织进步团体新民学会，参加五四运动，并在赴法国勤工俭学时研读大量马克思主义著作，回国后以满腔热忱投身革命事业，成为中国共产党早期重要的理论家和宣传家。

《威震黄浦江畔　高奏抗日壮歌———·二八淞沪抗战》

面对日本侵略者的挑衅，十九路军在蒋光鼐、蔡廷锴的带领下，高举义旗，奋力一搏。一·二八淞沪抗战，是中国军人捍卫军人荣誉和祖国尊严所发出的吼声，谱写了一曲抗击日军侵略的英雄壮歌。

《将军恨不抗日死——慷慨就义的吉鸿昌》

在国难深重的20世纪30年代，吉鸿昌将军因拒绝执行国民党指示，坚决不打内战，被迫携眷出国"考察"。回国后，他加入中国共产党，组织了民众抗日同盟军，英勇打击日本侵略者，后于1934年11月被国民党反动派杀害。

《献身革命　甘于清贫——梅岭忠魂方志敏》

大革命失败后，方志敏凭着"两条半步枪"起家，身经百战，创建了赣东北革命根据地和红十军。本书真实记录了方志敏投身于革命、领导红军和敌人进行艰苦卓绝斗争的经历，歌颂了烈士贫贱不移、威武不屈、献身革命的高尚品质。

《奏响中华最强音——人民音乐家聂耳》

聂耳在他有限的生命中创作了数十首革命歌曲，在抗日救亡运动中，聂耳的这些歌曲产生了广泛深远的影响。他的音乐创作为中国无产阶级革命音乐的发展指明了方向，树立了榜样。

《横眉冷对千夫指——中国文化革命主将鲁迅》

鲁迅不但是伟大的文学家，而且是伟大的思想家和伟大的革命家。在那风雨如晦的黑暗年代里，他以笔为投枪，同一切帝国主义和反动派进行了顽强的战斗，为中国人民树立了一个不朽的丰碑。他是新文化战线上的一面光辉旗帜，是我们伟大民族的灵魂。

《铁流两万五千里——红军长征的故事》

红军长征是人类历史上的一次伟大的壮举。第五次反"围剿"失败后，中国工农红军的三大主力在极端艰难的条件下，突破国民党军队的围追堵截，进行了史无前例的战略大转移，总行程达两万五千里以上。途中发生了许多动人故事，至今令人难以忘怀。

《荣辱不移革命志——创建陕北红军的刘志丹》

刘志丹是杰出的无产阶级革命家、军事家，西北红军和西北革命根据地的主要创始人之一。他一生热爱人民，追求真理，英勇善战，百折不挠，艰苦奋斗，忠心赤胆，为创建红军和革命根据地、为中国人民的解放事业建立了不可磨灭的功勋。

《英名永存北平城——爱国将领佟麟阁　赵登禹》

1937年7月28日，日军向北平郊区发动进攻。第二十九军副军长佟麟阁奉命在南苑率部与日军苦战，腿部受伤，头部被敌机炸伤，壮烈殉国。第一三二师师长赵登禹指挥部队顽强抵抗日军，右臂中弹负伤，仍继续作战。后在转移途中遭日军截击而牺牲。

《八百壮士　四行仓库铸军魂——谢晋元和他的战友们》

八一三抗战，中国军人以血肉之躯揭开全面抗战的帷幕。这是一场血战，是中国军人不屈不挠的英雄诗篇，其中的八百壮士守四行，成为这首英雄颂歌中最动人、最凄美的音符。一曲四行保卫战，铸就了不屈的军魂。

《八女投江　气贯长虹——八位抗联女战士》

抗日战争时期，以冷云为首的东北抗日联军8名女战士，为捍卫民族尊严，面对凶残的日寇，镇定自若，宁死不屈，投江殉国，表现了中华民族同敌人血战到底的英雄气概。她们的光辉形象，激励着千千万万的后来人。

《艰苦抗战　威震敌胆——著名抗日英雄杨靖宇》

杨靖宇将军是我国著名的抗日民族英雄。曾先后担任磐石游击队政治委员、东北抗日联军第一军军长兼政委、抗日联军总司令等职。领导军民对日寇坚持了长达9个年头的艰苦卓绝的斗争，最终以身殉国。

《死也不当亡国奴——镜泊抗日英雄陈翰章》

陈翰章，从1932年8月投笔从戎，直到1940年12月8日为抗击日本侵略者，战死在镜泊湖畔。他在抗日疆场上奋战了九年，他那可歌可泣的英雄事迹将为人们永世传颂。

《名将殉国　气壮山河——抗日将军张自忠》

著名抗日将领、民族英雄张自忠，生于忧患的时代，抱有"宁为百夫长，胜作一书生"的志向，经历过失败与低谷，最终成就了慷慨人生。本书主要以人物活动为主，勾画出一个真正的"民族魂"鲜活的人生，会带给读者振奋的力量。

《宁死不辱战士名——狼牙山五壮士》

1941年日寇在河北易县"扫荡"。为掩护群众和主力部队撤退，五位八路军战士毅然把敌人引上了狼牙山棋盘坨峰顶绝路。弹尽粮绝、无路可退，五位英雄纵身跳下了万丈悬崖，用生命和鲜血谱写出一曲惊天地泣鬼神的壮举。

《太行浩气传千古——抗日名将左权》

左权，中国工农红军和八路军高级指挥员，著名军事家。是八路军在抗日战场上牺牲的最高指挥员。名将阵亡，太行山为之垂首，全党为之悲痛。周恩来称他"足以为党之模范"，朱德赞誉他是"中国军事界不可多得的人才"。

《虎将兴关外　抗倭统雄师——抗联英雄赵尚志》

本书描写了久经考验的共产党员、东北抗联的创建者和主要领导人赵尚志，在艰苦卓绝的条件下，坚持抗战，威震敌胆，战功卓著，忍辱负重，忠贞不屈，为国捐躯的英雄故事，为青少年读者呈上一部爱国主义的佳作。

《黄埔之英　民族之雄——抗日名将戴安澜》

抗日名将戴安澜，先后参加保定、漕河、台儿庄、武汉、昆仑关等战役，作战英勇，屡建奇功；入缅作战，"扬威国外，藉伸正义"；守东瓜，复棠吉；殒身缅北，遗恨丛林，马革裹尸，成就了光辉的一生。

《爱国志士　民主先锋——新闻出版家邹韬奋》

本书讲述了邹韬奋献身新闻出版事业的奋斗历程，展现了一位新闻工作者坚定的革命信念和炽热的爱国主义精神，全心全意为人民服务、为读者服务的奉献精神，歌颂了他的高尚情操和优良品质。

《为抗战发出怒吼——人民音乐家冼星海》

人民音乐家冼星海，青年时期在巴黎求学，饱尝屈辱与磨难；学成后毅然回到多灾多难的祖国，用满腔热忱谱写激昂的音乐，鼓舞中华儿女的斗志；奔赴延安，谱写出不朽的名作《黄河大合唱》，发出中华民族抗日救亡的怒吼。

《全民皆兵　抗击日寇——抗日战争的故事》

中国人民进行的十四年抗战，是一百多年来中国人民反对外敌入侵第一次取得完全胜利的民族解放战争。这场战争是以国共两党合作为基础，有社会各界、各族人民、各民主党派、抗日团体、社会各阶层爱国人士和海外侨胞广泛参加的全民族抗战。

《捧着一颗心来　不带半根草去——人民教育家陶行知》

陶行知是我国现代教育史上伟大的人民教育家、教育思想家。他从青年起就立志献身教育事业，以"捧着一颗心来，不带半根草去"的赤子之心，为人民的教育事业鞠躬尽瘁。

《为民主与和平拍案而起——民主斗士闻一多》

闻一多早年与梁实秋等人发起成立清华文学社。赴美留学期间由对祖国的深深眷恋而创作著名的《七子之歌》。后在西南联大任教8年，积极投身于抗日运动和争取民主的斗争，发表了著名的《最后一次讲演》。

《铁窗难锁钢铁心——革命先烈王若飞》

王若飞是我党早期杰出的无产阶级革命家。在艰苦卓绝的斗争中，他出生入死，屡建奇功，以超人的睿智和胆略，在敌人的监狱中，同敌人展开了殊死的较量，为抗战的胜利和新中国的诞生做出了卓越的贡献。

《横扫千军　还我河山——抗联名将李兆麟》

李兆麟是东北抗日联军创建人之一，他率领抗日联军历尽千难万险与日本侵略者浴血奋战，在极其艰苦的条件下，保存了抗日联军的有生力量，为东北光复做出了重大贡献。

《锄头开出新天地——解放区大生产运动》

为了解决困难，渡过难关，党中央号召党政军民齐动手，开展大生产运动。中国共产党在其控制区域内发动的一场军队屯田和鼓励生产的群众运动，达到了自己动手丰衣足食，共度难关，既进行革命又进行生产自足的目的。

——民主斗士邹容

革命军中马前卒

《生的伟大 死的光荣——女英雄刘胡兰》

刘胡兰，坚贞不屈的少年女英雄。生前对我国劳动人民的解放事业无限忠诚，在敌人威胁面前，大义凛然，毫无惧色，英勇牺牲，表现了共产党员的高贵品质。

《饿死不领美国救济粮——爱国知识分子的楷模朱自清》

朱自清作为爱国知识分子的典型，以锐利的笔锋直言痛斥反动政府的暴行，体现了他崇高的爱国情怀和不畏恶势力的精神品格。毛泽东曾给朱自清先生以高度评价："一身重病，宁可饿死，不领美国的'救济粮'"，"表现了我们民族的英雄气概"。

《为了新中国前进——舍身炸碉堡的董存瑞》

伟大的英雄，中国人民的儿子董存瑞，从儿童团长成长为一名光荣的解放军战士，在1948年解放隆化县城时，舍身炸碉堡，为新中国献出了自己年轻的生命。他的英雄形象永远留在人民心里。

《宁死不屈的共产党员——革命烈士江竹筠》

江竹筠，就是著名的江姐。1947年春，她负责《挺进报》工作，只几个月的时间，报纸就发行到1600多份，引起了敌人的极大恐慌。由于叛徒出卖，江姐不幸被捕，惨遭毒刑的残酷折磨，仍坚贞不屈。最后被特务秘密枪杀，年仅29岁。

《抗美援朝 保家卫国——志愿军的战斗故事》

抗美援朝战争是中国人民志愿军为援助朝鲜人民、保卫祖国安全，与美国为首的"联合国军"发生的战争。在朝鲜牺牲的志愿军烈士们，他们英勇的战斗事迹、保家卫国的精神值得我们发扬光大。

《上甘岭上壮烈歌——黄继光和他的战友们》

在1952年10月的上甘岭战役中，黄继光和他的战友们在零号阵地半山腰被敌机枪火力点压制，此时，黄继光身上已经多处负伤，手雷也已全部用光。为了完成任务，减少战友的伤亡，他用自己的胸膛堵住正在扫射的敌机枪射孔，为反击部队扫清了前进的道路。

《诗书印画　全入神品——国画大师齐白石》

齐白石出身贫寒，做过农活，当过木匠，后改学雕花木工，从民间画工入手，摹古人真迹，学诗文书法，融汇古今，而诗、书、印、画俱佳；他将中国画的精神与时代的精神统一得完美无瑕，使中国画得到国际的重视，无愧于"国画大师"的称号。

《毕生为文化而奋斗——中国第一出版家张元济》

张元济参与、主持和督导商务印书馆近六十年，使其从简单的印刷企业转变为当时中国教育出版的旗帜。张元济一生爱书，在中华大地动荡不安的年代里，他用自己对文化的热爱，续存着中华民族灿烂悠久的文明之光。

《独树一帜　梨园大师——著名京剧表演艺术家梅兰芳》

梅兰芳，京剧大师，演唱风格独树一帜，世称"梅派"。曾先后赴日本、美国、苏联演出，并荣获美国波摩那学院和南加州大学的荣誉文学博士学位。作为一位爱国者，抗战期间蓄须明志，拒绝为日本人演出，为后世称颂。

《华侨旗帜　民族光辉——爱国侨领陈嘉庚》

陈嘉庚是著名的爱国华侨领袖、企业家、教育家、慈善家、社会活动家。他为辛亥革命、民族教育、抗日战争、解放战争、新中国的建设做出了卓越的贡献。生前被毛泽东誉为"华侨旗帜、民族光辉"。

《向雷锋同志学习——伟大的共产主义战士雷锋》

雷锋，一个平凡而伟大的共产主义战士，一心向着党，一生秉承着全心全意为人民服务、无私奉献的崇高思想；发扬刻苦学习和钻研理论的"钉子"精神；坚持勤俭节约、艰苦奋斗的优良作风。毛泽东为其题词："向雷锋同志学习。"

《人民的好公仆——县委书记的好榜样焦裕禄》

焦裕禄，被誉为县委书记的好榜样。他用自己的革命精神，展开了与大自然、与社会落后现象、与病魔的多重抗争，让我们领略到一个共产党人的生之伟大、死之壮美的人格品质和具有现实教育意义的精神魅力。

《文学巨匠　京味大师——人民作家老舍》

老舍是我国现代小说家、文学家、戏剧家。他用融入骨髓的真诚文字反映生活的喜怒哀乐。老舍的一生，总是在忘我地工作，他是文艺界当之无愧的"劳动模范"，生前被北京市人民政府授予"人民艺术家"的称号。

《革命老人——无产阶级教育家徐特立》

徐特立是一代伟人毛泽东的老师。他出生在贫苦家庭，大部分时间生活在动荡艰苦的年代；他刻苦勤奋，不畏艰辛，追求光明，一生勤俭，为革命培养了大量的人才；他对党和人民任劳任怨，鞠躬尽瘁。他坎坷奋斗的一生，留下了许多可歌可泣的故事。

《人生能有几回搏——新中国第一个世界冠军容国团》

容国团先后担任中国乒乓球队运动员、女队主教练。获得1959年男子单打世界冠军；1961年夺得男子团体世界冠军；作为中国女队主教练，1965年率女队第一次夺得女子团体世界冠军。他的"人生能有几回搏"的豪言，举国传诵。

《石油工人一声吼　地球也要抖三抖——铁人王进喜》

王进喜，新中国第一批石油钻探工人。他为祖国石油工业的发展和社会主义建设立下了不朽的功勋，在创造了巨大物质财富的同时，还给我们留下了宝贵的精神财富——铁人精神。他被评为"百年中国十大人物"，写入中华民族的光辉史册。

《做人民需要我做的事——著名地质学家李四光》

李四光是一位伟大的科学家，他一生从事地质学研究工作，足迹遍布祖国的山川，为祖国探明了许多地下宝藏；他创建了崭新的学说——地质力学；他历尽重重困难，为正确认识地质构造开辟了一条新路。

《中国化学工业的先驱——著名化学家侯德榜》

为摆脱纯碱需要进口的窘况，20世纪初，怀着"实业救国"梦想的中国化工先驱侯德榜等人创办了永利碱厂，并立志生产出中国人自己的碱。1926年，永利碱厂终于成功地生产出"红三角"牌纯碱，从此中国制碱业得以跨入世界先进行列。

《毕生求是　一丝不苟——著名科学家竺可桢》

著名科学家竺可桢献身科学研究；治学严谨，一丝不苟；一生廉洁，两袖清风；作风民主，爱护学生。他以爱国之心、报国之志，从一个民主主义者逐渐成长为一个共产主义战士。

《热爱自然的大地之子——著名植物学家蔡希陶》

蔡希陶，五十载风雨，五十载坎坷，五十载奋斗，五十载开拓，为了发现对人类生产、生活有用的植物及新物种的引进而做出巨大贡献，在中国的植物资源学史上将永远镌刻着他的名字。

《高洁无私的襟怀——知识分子的楷模蒋筑英》

蒋筑英是中国当代知识分子的先锋典范，他不为名，不为利，尊重科学；他以坚忍的毅力和顽强的作风，在科学的道路上呕心沥血，鞠躬尽瘁，无私地奉献了青春和生命。

《迎接新生命的天使——卓越的妇产科专家林巧稚》

林巧稚是国内外享有盛誉的妇产科专家。在五十多年的医学教育和临床实践中，林巧稚亲自接生了五万多婴儿，治愈了数千病人，培养了数以百计的专门人才，为我国的妇女儿童事业做出了不可磨灭的贡献。

《独自成千古　悠然寄一丘——国画大师张大千》

张大千是20世纪中国画坛最具传奇色彩的国画大师，无论是绘画、书法、篆刻、诗词无所不通。在艺术界深得敬仰和追捧，艺术家们用真挚的感情，用绘画和雕塑展现了"张大千"多彩的艺术形象。

革命军中马前卒

《建造中国的通天塔——著名数学家华罗庚》

中国当代著名数学家华罗庚，为中国数学的发展做出了无与伦比的贡献，他是中国解析数论、典型群、矩阵几何等多方面研究的创始人与开拓者，也是我国最早将数学理论研究与生产实践紧密结合的科学家。

《问鼎长天　强我国威——两弹元勋邓稼先》

邓稼先是我国著名科学家，参加组织和领导我国核武器的研究、设计工作，从对原子弹、氢弹原理的突破和试验成功及其武器化，到新的核武器的重大原理突破和研制试验，作出了重大贡献。是我国核武器理论研究工作的奠基者之一，被誉为"两弹元勋"。

《敢叫天堑变通途——桥梁专家茅以升》

中国著名的桥梁专家茅以升从小立志为祖国建造桥梁，经过不懈努力，他不仅设计建造了一座座宏伟壮观、坚固实用的道路桥梁，而且搭建了一座座友谊之桥，为祖国建设作出了卓越贡献。

《蘑菇云之梦——核物理学家钱三强》

被誉为"中国原子弹之父"的核物理学家钱三强，更名后立志于科技报国；24岁投师于世界著名核物理学家居里夫妇；与夫人何泽慧合作，发现铀的"三分裂""四分裂"现象；统领我国的原子大军，做了大量创造性工作。

《两离桑梓地　满怀雪域情——领导干部的楷模孔繁森》

孔繁森，是一位一尘不染、两袖清风的好干部。两次进藏工作，历时十载，为西藏的建设、发展和稳定作出了突出的贡献。1994年11月，孔繁森不幸以身殉职。人民群众称他为新时期领导干部的楷模。

《摘取数学皇冠上的明珠——著名数学家陈景润》

陈景润是享誉世界的数学家，为了证明"哥德巴赫猜想"，他以惊人的毅力在数学领域里艰苦跋涉，终于攻克了世界著名数学难题"哥德巴赫猜想"中的"$1+2$"，创造了中国乃至世界数学史上的辉煌。

《学术独步　饮誉四海——享有国际威望的科学家卢嘉锡》

卢嘉锡是一位在国际科学界享有崇高威望的物理化学家、化学教育家和科技组织领导者。1945年，卢嘉锡满怀"科学救国"的热忱回到祖国，对中国原子簇化学的发展起了重要推动作用，他所指导的新技术晶体材料科学研究，也取得了重大成绩。

《德艺双馨　梨园楷模——著名豫剧表演艺术家常香玉》

常香玉1941年赴陕甘演出。1948年在西安创办香玉剧社。1951年为支援抗美援朝，率剧社巡回西北、中南、华南各地演出，以演出收入捐献"香玉剧社号"战斗机一架，素有"爱国艺人"之誉。

《文学大师　激流勇进——著名作家巴金》

本书以巴金生平和主要事迹为线索，回顾和展示现代著名作家巴金的一生，以期让人们看到巴金在这风云变幻的100多年中，有过成功的欢欣，有过屈辱的磨难，有过痛苦的忏悔，有过平静的安宁。巴金的人生，映照着一代中国五四知识分子坎坷而不平凡的命运。

《壮心系科学　孜孜为国昌——理论化学家唐敖庆》

本书讲述了唐敖庆从出国求学、学业有成、回国任教，到服从安排、艰苦工作、刻苦钻研，最终成为中国量子化学奠基者的过程。让人们看到了这位著名化学家的赤心爱国、严谨治学、大公无私的崇高品格和科研上的卓越成就。

《中国导弹之父——著名科学家钱学森》

当第一颗原子弹升空的时候，当中国的人造卫星奏响《东方红》的时候，当中国运载火箭腾空而起的时候，当中国研制的导弹准确命中目标的时候，人们都会想起他的名字：中国导弹之父钱学森。

《中国近代力学的奠基人——著名科学家钱伟长》

钱伟长曾以中文和历史两个100分的成绩考入清华大学。九一八事变后，钱伟长毅然放弃了文科的学习而转为理科。他是中国近代力学、应用数学的奠基人之一，在固体力学、流体力学以及航空航天领域，取得了卓越的成就，为新中国的现代化建设付出了毕生的精力。

《中国光学科学的奠基人——著名科学家王大珩》

王大珩是我国著名的科学家，中国光学科学的奠基人。他先在清华就读，后赴英国求学，学业有成，立志科学救国，其成就享誉神州。他以科学的求是精神和赤诚的爱国情怀，探索着中国光学发展的闪光之路。